조선이 버린 남자
 : 왕의 유령

조선이 버린 남자: 왕의 유령

발행일	2025년 12월 16일

지은이	양범
펴낸이	손형국
펴낸곳	(주)북랩

출판등록	2004. 12. 1(제2012-000051호)
주소	서울특별시 금천구 가산디지털 1로 168, 우림라이온스밸리 B동 B111호, B113~115호
홈페이지	www.book.co.kr
전화번호	(02)2026-5777 팩스 (02)3159-9637
ISBN	979-11-7224-992-2 03810 (종이책) 979-11-7224-993-9 05810 (전자책)

잘못된 책은 구입한 곳에서 교환해드립니다.
이 책은 저작권법에 따라 보호받는 저작물이므로 무단 전재와 복제를 금합니다.
본 도서는 (주)북랩이 보유한 리코 인쇄 장비 등 자체 생산 인프라를 통해 제작되었습니다.

작가 연락처 문의 ▶ ask.book.co.kr

전용 게시판에 문의를 남기시면 저자에게 직접 전달됩니다.

(주)북랩 성공출판의 파트너

북랩 홈페이지와 SNS에서 다양한 출판 솔루션을 만나 보세요!

홈페이지 book.co.kr   •   블로그 blog.naver.com/essaybook   •   출판문의 text@book.co.kr
카톡채널 북랩

새로운 길을 위한 법도

조선이 버린 남자: 왕의 슈령

양범 역사소설

북랩

본 소설은 역사적 사건과 인물을 모티브로 하였으나,
내용은 전적으로 허구임을 밝힙니다.

| 목차 |

서장: 용은 아직 바다를 모른다 • 10

제1부 밀약密約- 얼음과 불의 계약

얼어붙은 옥좌 • 16

호민(豪民)의 눈 • 19

지적좌절(知的挫折): 사조(四祖)의 족쇄와 꺾인 붓 • 23

겨울 궁궐의 밀담: 대의를 건 두 이단아의 계약 • 25

불온한 연합(不穩連合): 통치 위임 계약의 해지 • 32

내탕고의 설계: 비밀 자본의 탄생 • 34

어둠의 회계사, 내수사 깊은 곳의 그림자 • 38

꺾인 날개들 • 40

금강의 비술: 영혼을 거스르는 변장술 • 45

남대문의 거짓 깃발: 형벌의 선고 • 50

영혼의 변장술과 작별의 연서: 형장의 기만극 • 53

새벽의 강릉길: 유령의 그림자와 벼루의 온기 • 56

제2부

창업創業 - 바다 위에 나라를 세우다

강릉의 붉은 돛(1618년 가을, 출항) • 62

율도 헌장의 초안: '능력의 평등'과 난설헌의 서명 • 68

흔들리는 방주, 떠오르는 규율(1619년 겨울, 출항 1년) • 76

활빈당의 재탄생: 의적에서 행정 예비군으로 • 82

검은 깃발의 이방인(1620년 봄, 류큐 해역) • 96

총과 비단의 거래(1620년 봄, 포르투갈 함대의 갑판) • 99

유령왕의 담판 • 104

류큐, 신녀의 땅(1621년) • 114

뱀의 머리가 될 것인가, 용의 꼬리가 될 것인가(1621년) • 119

율도, 첫 깃발을 올리다(1621년, 건국 1년) • 126

공동 상단 율도국(1622년, 건국 2년) • 130

배당금의 윤리학: 자존심과 등입사 성신 • 136

낙원의 균열: 창조와 수성의 대립(1623년, 건국 3년) • 143

왕의 그림자: 북쪽의 고독(1623년 봄, 조선) • 150

강철의 외교와 동쪽에서 부는 바람(1623년 봄, 율도) • 153

제3부 역풍逆風- 유령의 귀환

한양에 내린 서리(1623년 봄, 조선) • 162

끊어진 밀서, 부서진 나침반(1623년 봄, 율도국) • 165

대의인가, 분노인가(1623년 봄, 율도국 항구) • 170

명분과의 전쟁: 조롱받는 재조지은(1623년 봄, 기함 갑판) • 176

해방자인가, 침략자인가(1623년 음력 6월, 동해 해상) • 181

거짓 환호: 민심의 동요(1623년 음력 6월, 강릉 시내) • 187

고향이라는 이름의 성벽(1623년 음력 6월, 강릉 관아) • 192

해변의 설교(1623년 음력 6월, 경포 해변) • 196

그들이 사랑한 사슬(1623년 음력 6월, 동해상) • 201

조국이 쏜 화살(1623년 음력 6월, 동해 해상) • 206

종장: 바다는 모든 눈물을 기억한다(1623년 음력 6월, 동해) • 209

에필로그: 바람이 전하는 노래(1653년, 율도국) • 214

후서: 유령의 왕- 동방(東方)의 밤(夜) • 218

      강화도의 마지막 기도(1623년 봄, 강화도) • 218

      회춘술의 고통과 유령의 탄생 • 222

      나가사키 항구의 눈(1623년 여름) • 223

      페레이라의 도박과 비극의 소식 • 224

      율도국으로 향하는 왕의 맹세 • 226

작가의 말 • 228

| 서장 |

용은 아직 바다를 모른다

밤의 경복궁은 거대한 얼음 동굴이었다.

대전 처마 끝에 매달린 풍경(風磬: 처마 끝에 매달아 바람이 불 때마다 소리가 나게 하는 작은 종)은 바람이 길을 잃을 때마다 한 번씩, 쇳소리마저 얼어붙은 듯한 단말마를 터뜨렸다. 그 소리는 텅 빈 월대(月臺: 궁궐의 정전(正殿)이나 중요 건물 앞에 있는 넓은 단)를 굴러다니다가, 아무런 대답 없이 스러졌다.

용상에 앉은 사내는 제왕이었다. 그러나 그의 눈에 담긴 것은 천하가 아닌, 창살 없는 감옥의 시린 풍경이었다. 광해(光海). 그의 이름은 빛나는 바다였으나, 정작 그가 딛고 선 땅은 사방이 절벽으로 막힌 얼음의 섬이었다.

며칠째, 조정은 파병 문제로 들끓고 있었다. 북방의 누르하치가 일으킨 먼지바람이 요동을 삼키고 명나라의 숨통을 조여오자, 황제는 구원병을 요청하는 칙서를 보내왔다. 임진년, 나라가 왜적의 말발굽 아래 신음할 때 명나라가 베푼 은혜는 재조지은(再造之恩: '나라를 다시 만들어 준 은혜'라는 뜻으로 임진왜란 때 조선을 도와준 명나라에 대한 조선 사대부들의 절대적인 사대 명분)이라고 불렸다. 신료들은 그 네 글자를 주문처럼 외우며, 당장 압록강 너머로 군사를 보내야 한다고 목청을 높였다. 그들의 충의는 뜨거웠으나, 그 불길은 오직 명나라의 하늘만을 향해 타오를 뿐, 정작 발밑의 땅이 어떻게 타들어 가는지는 보지 못했다.

광해는 눈을 감았다. 눈꺼풀 뒤로, 칼바람 부는 북방의 설원과 굶주린 채 성벽을 지키는 병사들의 얼굴이 어른거렸다. 쇠락하는 명과 떠오르는 후금(後金)이 이 저울 위에서 조선의 운명을 어디에 올려놓아야 하는가? 그는 홀로 그 저울의 평형을 잡으려 애썼으나, 신료들은 저울 자체를 부숴버리려 들었다. 심지어 자신의 정치적 기반인 대북파마저 이 문제에 있어서는 등을 돌렸다.

"주상! 어찌 천자의 은혜를 잊고 오랑캐의 눈치를 보시나이까!"

그들의 외침은 충정이 아니라, 낡은 시대의 관성이었다. 광해는 그 관성의 끝이 어디를 향하는지 똑똑히 보았다. 낭떠러지였다.

그는 용상의 팔걸이를 쥔 손에 힘을 주었다. 손끝으로 전해지는 용(龍)의 조각이 얼음처럼 차가웠다. 이 거대한 궁궐, 수많은 신료들과 궁녀에 둘러싸여 있었으나 그는 완벽한 독도(獨島: '홀로(獨) 선 섬(島)'이라는 뜻)였다. 자신의 거대한 구상을 이해해 줄 단 한 사람의 동지도 없이, 그는 스스로 빛나야 하는 고독한 바다였다.

같은 시각, 한양의 번잡한 골목 깊숙한 곳에 자리한 낡은 기와집.

그곳의 서재는 뜨거웠다. 방 안을 가득 메운 책들은 저마다의 열기를 품고 있었고, 붓을 쥔 사내의 눈빛은 그 모든 책의 열기를 한데 모아 태우는 듯 이글거렸다. 교산(蛟山) 허균(許筠). 그의 호는 물에 잠긴

| 서장 | 11

용이었으나, 그의 기개는 세상을 삼킬 듯 용틀임치고 있었다.

그의 앞에는 막 먹이 마르기 시작한 종이가 놓여 있었다.

'천하에 두려워해야 할 바는 오직 백성(民)일 뿐이다. 홍수나 화재, 호랑이보다도 훨씬 더 백성을 두려워해야 하는데, 윗자리에 있는 사람이 항상 업신여기며 모질게 부려 먹음은 도대체 어떤 이유인가?'

허균은 붓을 내려놓았다. 「호민론」(豪民論: 허균의 대표적인 글. '호민(豪民)'은 의식 있는 백성 또는 지배층에 저항하는 세력을 뜻하며, '윗자리에 있는 사람'이 두려워해야 할 것은 오직 백성뿐이라고 주장하는 혁명적 사상이 담겨 있음)의 마지막 구절이었다. 그의 가슴속에서 들끓던 불덩이가 비로소 글자가 되어 종이 위에 내려앉았다. 그는 이 나라의 병증을 정확히 알고 있었다. 병의 이름은 신분이었고, 그 증세는 차별이었다. 아비가 양반이면 자식도 양반이요, 아비가 노비면 자식도 노비가 되는 세상. 서자로 태어났다는 이유만으로 제아무리 뛰어난 재주를 가져도 관직에 오를 수 없는 세상. 그의 소설 속 주인공 홍길동은 바로 그 억압의 사슬을 끊고 스스로 왕이 되었다.

하지만 현실의 조선은 소설이 아니었다. 그는 당대 최고의 문장가였으나, 그의 삶은 끝없는 탄핵과 모함의 연속이었다. 그의 자유로운 사상과 파격적인 행보는 기득권의 성벽을 위협하는 망치 소리와도 같았기에, 그들은 끊임없이 허균을 벼랑 끝으로 내몰았다.

"나으리, 또 잠 못 드셨습니까?"

문틈으로 빼꼼히 고개를 내민 것은 그의 충복, 업동이었다. 저잣거리 소매치기 출신이었으나 눈치가 비상하고 입담이 걸쭉하여 허균이 곁에 둔 자였다.

"세상이 잠들었는데, 나 혼자 깨어 있은들 무슨 소용이냐."

허균의 대답에 업동이 너스레를 떨었다.

"나으리께서 깨어 계시니, 이놈은 두 다리 뻗고 잡니다. 나으리께서 다 알아서 좋은 세상 만들어 주실 것인디, 이놈이 머리 싸매고 걱정할 일이 뭐 있겠습니까."

"시끄럽다."

허균은 퉁명스레 말했지만, 입가에 희미한 미소가 걸렸다. 업동의 저 소박한 믿음이야말로 그가 지키고 싶은 세상의 모습이었다. 그러나 지금의 조선은 곪아 터지기 직전의 종기와도 같았다. 고름을 짜내지 않으면, 결국 온몸에 독이 퍼져 죽고 말 것이다.

그는 창밖을 보았다. 궁궐이 있는 북쪽 하늘은 칠흑같이 어두웠다. 그 어둠 속에서, 차가운 용상에 홀로 앉아 있을 한 사내를 떠올렸다. 정통성은 취약하나 누구보다 시대를 꿰뚫어 보고 있는 고독한 군주.

허균의 눈이 가늘어졌다.

용은 아직 자신이 헤엄쳐야 할 바다를 알지 못했다. 그리고 그 바다를 만들어 줄 수 있는 사람은, 어쩌면 이 세상에 단 한 명뿐일지도 몰랐다.

제1부

밀약密約

- 얼음과 불의 계약 -

얼어붙은 옥좌

광해군이 즉위한 이래, 편전의 공기는 단 하루도 따뜻한 적이 없었다. 신료들의 언어는 예법으로 포장되어 있었으나, 그 안에는 서릿발 같은 의심과 견제가 숨어있었다. 특히 명나라에 대한 파병 문제가 거론된 이후로는, 그 서릿발이 아예 비수가 되어 왕의 심장을 겨누고 있었다.

"전하! 명나라는 우리에게 부모의 나라와 같사옵니다. 어찌 부모가 위급한데 자식이 군사를 아낄 수 있겠사옵니까!"

예조판서의 목소리가 대전을 쩌렁쩌렁 울렸다. 그의 뒤로 수십 명의 신료들이 약속이나 한 듯 부복하며 같은 뜻을 아뢰었다. 그들의 충심은 의심할 바 없었으나, 그 충심이 향하는 곳은 용상에 앉은 자신이 아니라, 아득히 멀리 있는 명나라 황제의 자리였다.

광해는 말없이 그들을 내려다보았다. 그의 침묵은 무겁고 차가웠다.

'부모의 나라라.'

속으로 쓴웃음을 삼켰다. 그 부모라는 나라는 지금 북방의 오랑캐에게 제 몸 하나 가누지 못하고 휘청이고 있었다. 그런 나라에 조선의 마지막 남은 피와 살을 쏟아붓는 것이 과연 자식 된 도리인가. 그것은 효가 아니라 함께 죽는 공멸의 길이었다. 그는 후금과 비밀리에 교섭을 이어가며 아슬아슬한 줄타기를 하고 있었지만, 이 사실을 아는 신료는 아무도 없었다. 알린다 한들, 그들은 '오랑캐와 내통한 배신자'라며 거품을 물 것이 뻔했다.

"경들의 충심은 잘 알겠소. 허나 군사를 일으키는 것은 나라의 명운을 거는 일이니, 신중을 기해야 할 것이오."

광해의 목소리는 낮고 건조했다. 그의 대답에 신료들 사이에서 나직한 술렁임이 일었다. 또다시 왕이 미온적인 태도를 보이고 있다는 불만이었다.

회의가 끝나고 신료들이 물러간 편전에는 다시 적막이 내렸다. 광해는 옥좌에 깊숙이 몸을 기댔다. 임진왜란 당시, 아비인 선조가 의주로 몽진(蒙塵: '먼지를 뒤집어쓰다'는 뜻으로, 임금이 전쟁이나 난리를 피해 도성을 떠나는 일. 임진왜란 당시 선조가 의주로 피난 간 사건을 가리킴) 할 때 분조(分朝: 임진왜란 중 선조가 피난 간 후, 광해군이 세자인 신분으로 임시 조정을 나누어 이끌며 민심을 수습하고 의병을 독려한 일)를 이끌며 폐허가 된 땅을 지켰던 것은 자신이었다. 그러나 왕위에 오른 지금, 그 누구도 자신의 공을 기억하지 않았다. 그들은 오직 선조의 적통이 아니라는 그의 태생적 한계와 이복동생 영창대군을 죽이고 인목대비를 폐했다는 '폐모살제(廢母殺弟: '어머니(인목대비)를 폐하고 동생(영창대군)을 죽인 죄'라는 뜻)'의 멍에만을 들먹였다.

거기에 더해, 왕의 권위를 세우기 위해 시작한 무리한 궁궐 공사는 국고를 탕진하고 백성의 원성을 사고 있었다. 탁월한 외교 정책으로 얻은 점수를, 내치의 실책으로 모두 깎아 먹고 있는 셈이었다.

"이보게."

광해의 부름에 그림자처럼 곁을 지키던 도승지가 다가왔다.

제1부 밀약(密約)- 얼음과 불의 계약

"교산 허균은… 지금 어디에 있는가."

도승지의 눈에 순간 미미한 경계심이 스쳤다. 허균. 그는 조정의 이단아이자 언제 터질지 모르는 화약고 같은 사내였다.

"자택에 칩거하며 근신하고 있는 것으로 아옵니다."

"근신이라…."

광해는 나직이 읊조렸다. 그의 머릿속에, 몇 해 전 허균이 올렸던 상소의 한 구절이 떠올랐다.

'재능을 발휘할 기회는 신분과 관계없이 골고루 주어져야 하옵니다.'

그것은 낡은 질서를 향한 대담한 선전포고였다. 광해는 그 상소를 읽으며 통쾌함과 동시에 위기감을 느꼈다. 저 사내는 자신과 같은 꿈을 꾸고 있었으나, 그 꿈의 크기가 너무 커서 왕인 자신마저 위협할 수 있는 자였다.

하지만 지금, 사방이 적으로 둘러싸인 이 얼어붙은 옥좌 위에서, 광해는 어쩌면 그 위험한 불꽃이 유일한 온기가 될 수도 있겠다는 생각을 떨칠 수 없었다.

"오늘 밤, 아무도 모르게 교산을 입궐시키게."
"전하! 그자는…."
"내 명을 따르라."

광해의 목소리에는 더 이상의 반론을 허락하지 않는 냉기가 실려 있었다. 도승지는 마른침을 삼키며 물러났다.

홀로 남은 광해는 텅 빈 대전을 둘러보았다. 이 거대한 공간 속에서 그는 철저히 혼자였다. 자신의 손발이 되어줄 믿음직한 신하도, 마음을 터놓을 동지도 없었다. 오직 왕이라는 이름의 허울만이 그를 짓누르고 있을 뿐이었다.

그날 밤, 광해는 꿈을 꾸었다. 거대한 용 한 마리가 깊은 연못 속에서 몸부림치고 있었다. 하늘로 날아오르고 싶어 했으나, 연못의 얼음이 너무 두꺼워 번번이 머리를 부딪칠 뿐이었다. 용의 눈에서 피눈물이 흘렀다. 그 눈은, 바로 자신의 눈이었다.

호민(豪民)의 눈

허균의 서재는 작은 조선이었다. 사방 벽을 가득 메운 서책들은 그가 꿈꾸는 나라의 신료들이었고, 가지런히 정돈된 붓들은 새로운 법도를 세울 창칼이었다. 그러나 그 작은 왕국의 군주는 깊은 고뇌에 잠겨 있었다. 그는 종이 위에서는 천하를 호령했으나, 문밖을 나서는 순간 이름난 역적의 후보일 뿐이었다.

"나으리, 숙이라도 좀 드시지요. 그러다 굶어 죽은 귀신이 때깔도 곱다던 옛말 그르칠까 저어되옵니다."

업동이 김이 모락모락 나는 죽 그릇을 들고 서재로 들어섰다. 그의 걸음걸이는 고양이처럼 소리가 없었으나, 입만 열면 장터의 왈패처럼 시끄러웠다.

"내 속이 불덩이인데, 뜨거운 죽이 넘어가겠느냐."

허균의 목소리는 까칠했다. 며칠째 이어진 불면과 사색이 그의 정신을 갉아먹고 있었다. 그는 붓을 들어 허공에 글자를 썼다. 백성 민(民). 천하에서 가장 두려워해야 할 존재. 그러나 지금 이 나라의 백성들은 스스로를 두려워할 줄 몰랐다. 그들은 굶주림을 운명으로 여겼고, 억압을 당연한 질서로 받아들였다.

"불덩이면 물을 부어야지요. 정 안되면 제가 오줌이라도 갈겨서 꺼 드릴깝쇼?"

"네 이놈!"

허균이 눈을 부라리자, 업동은 얼른 죽 그릇을 내려놓고 두 손을 싹싹 비볐다.

"농입니다, 나으리. 허나 나으리께서 속을 태우신들 저 광화문 앞 돌부리 하나가 제 발로 굴러가겠습니까. 윗분들은 나으리께서 쓰신 글이 무서워 밤잠을 설치는 게 아니라, 오늘 밤 어느 기생의 치마를 벗길까 궁리하느라 잠 못 드는 법이지요."

업동의 말은 상스러웠으나, 뼈가 있었다. 허균은 쓴웃음을 지었다. 저 아이는 글자를 모르되 세상의 이치를 알았다. 자신은 수만 권의 책을 읽었으되, 아직도 사람의 마음을 다 알지 못했다.

 그는 자신의 삶을 되돌아보았다. 명문가의 자제로 태어나 천재 소리를 들으며 자랐지만, 그의 영혼은 언제나 이방인이었다. 누이 난설헌은 봄날 아침 이슬을 머금은 난초였으나, 해를 보지 못하는 그늘 속에서 향기를 잃어가고 있었다. 형 허봉은 추운 겨울 홀로 버티는 소나무였으나, 그 곧음이 도리어 칼날을 불러 끊임없이 상처를 입었다. 세상이 그들에게 강요한 침묵과 굴종은 허균에게 씻을 수 없는 한(恨)이 되었고, 그 한은 이 부조리한 세상을 뒤엎겠다는 슬픈 맹세의 불씨로 타올랐다.

 그는 스승이었던 손곡 이달을 떠올렸다. 서자라는 신분의 굴레에 갇혀 평생 울분을 삼켜야 했던 시대의 큰 시인. 허균은 그의 어깨 너머로 신분제가 얼마나 한 인간의 영혼을 잔인하게 파괴하는지를 똑똑히 보았다. 『홍길동전』은 바로 그들을 위한 진혼곡이자, 새로운 세상을 향한 출사표였다.

 하지만 현실의 조선은 소설이 아니었다. 그는 당대 최고의 문장가였으나, 그의 삶은 끝없는 탄핵과 모함의 연속이었다. 그의 자유로운 사상과 파격적인 행보는 기득권의 성벽을 위협하는 망치 소리와도 같았기에, 그들은 끊임없이 허균을 벼랑 끝으로 내몰았다.

 "나는… 너무 많은 것을 본 것인가, 아니면 아무것도 보지 못한 것인가."

 그의 나직한 독백에 업동이 고개를 갸웃거렸다.

"나으리께서는 너무 멀리 보시는 게 탈이지요. 보통 사람들은 제 코앞에 떨어진 콩알 줍기도 바쁜 법인디."

바로 그때였다. 어둠을 찢고 대문 두드리는 소리가 요란하게 울렸다. 평범한 소리가 아니었다. 절도 있고, 위압적이었다. 업동의 얼굴이 하얗게 질렸다.

"나, 나으리… 올 것이 왔나 봅니다."

그의 목소리가 사시나무처럼 떨렸다. 허균은 미동도 하지 않았다. 그는 오히려 기다렸다는 듯, 차분한 눈으로 문 쪽을 응시했다. 심장이 세차게 뛰었으나 그것은 두려움 때문이 아니었다. 마침내 거대한 도박의 판이 벌어지리라는 예감, 지독한 환멸의 끝에서 마주한 한 줄기 가느다란 빛을 발견한 자의 흥분이었다.

잠시 후, 문밖의 소란을 뚫고 내관복 차림의 사내가 서재 앞으로 다가왔다. 그는 허균을 보자마자 고개를 깊이 숙였다.

"교산 대감. 전하의 명이십니다."

내관의 목소리는 낮았으나, 그 안에 담긴 무게는 천 근과도 같았다.

"아무도 모르게, 지금 당장 입궐하라 하셨습니다."

업동은 숨을 삼켰다. 한밤의 밀명. 이것은 사약이나 다름없었다. 그는 허균의 옷소매를 붙잡으며 눈으로 애원했다. 가지 마시라고, 가면 죽는다고.

그러나 허균은 자리에서 일어섰다. 그의 눈은 더 이상 고뇌하는 학자의 눈이 아니었다. 그것은 폭풍의 눈을 정면으로 마주 보는 뱃사공의 눈이자, 천하라는 거대한 판에 자신의 목숨을 기꺼이 던지려는 승부사의 눈이었다.

"알겠다."

짧은 대답과 함께, 그는 어둠 속으로 걸어 나갔다. 그의 등 뒤로, 업동이 차마 소리 내지 못하고 삼키는 흐느낌과 식어가는 죽 그릇의 온기가 서재의 뜨거운 공기 속에 무겁게 가라앉았다.

지적좌절(知的挫折): 사조(四祖)의 족쇄와 꺾인 붓

(지적좌절: 지식인으로서의 통찰(知)이 사회의 낡은 구조와 제도에 의해 현실적으로 무력화(挫折)되는 상태)

허균은 입궐을 명하는 내관이 완전히 사라질 때까지, 그의 집 안을 가득 채우고 있던 서책들을 침묵 속에서 응시했다. 그는 붓이 칼보다 강하다고 믿었던 시대의 마지막 낭만주의자였다. 그러나 지금, 그의 마음속에는 그가 써 내려간 수만 자의 글보다, 단 하나의 뼈아픈 진실만이 굳은살처럼 남아 있었다.

'이 붓은 결코 이 나라의 법도(律)를 바꿀 수 없다.'

그는 며칠 전, 조정의 대관들에게 올리려 했던 상소문을 구겨서 화로에 던져 넣었다. 상소문의 핵심은 뛰어난 인재를 신분과 관계없이 등용하라는 것이었다. 이 얼마나 간결하고 합리적인가. 그러나 그가 조선의 문인으로 태어난 순간부터, 그 합리성은 이미 기각된 청구서였다.

그의 머릿속에는 낡은 시대의 가장 잔인한 규칙이 되살아났다. 조선 시대, 관직 진출의 첫 관문인 과거 시험 답안지에는 응시자의 '사조(四祖: 과거 시험 응시 시 기록해야 했던 4대 조상(아버지, 할아버지, 증조부, 외할아버지)의 신분. 서얼에게 관직 진출을 막는 족쇄였음)'를 명시해야 했다. 이것은 혈통을 중시했던 조선 사회가 서얼들에게 채운 평생의 족쇄였다.

"나의 재주는 하늘이 주었으나, 나의 족쇄는 세상이 주었구나."

그는 나직이 읊조렸다. 서자라는 운명은 그가 아무리 노력해도, 수만 권의 책을 읽어도, 천재적인 문장력을 가져도, 그의 능력을 핏줄의 굴레로 무효화시키는 본질적 폭력이었다.

허균은 스스로를 넘어선 수많은 선배 서얼들의 처절한 몸부림을 기억했다. 불과 십 년 전, 그들은 '서얼금고법'(庶孼禁錮法: 조선 시대 서자나 얼자(첩의 자식)의 관직 진출을 금지한 차별법)이라는 쇠사슬을 끊기 위해 수백, 수천 명이 모여 집단 상소를 올렸다. 그들이 흘린 눈물과 외침은 경복궁의 돌벽에 부딪혀 산산이 부서졌을 뿐이었다.

그는 당시 그 절규를 들었을 때의 참담함을 떠올렸다. 집단 상소는 거대한 규모로 계속 이어졌고, 그의 생 이후에도 만 명에 가까운 인원이 다시 궐 앞에 모여 울분을 토했다 했다. 그러나 이 거대한 민중의 절규는 끝내 낡은 체제를 움직이지 못했다. 그 차별의 뿌리는 아득한 후대, 조선이라는 나라 자체가 사라져 갈 즈음에야 비로소 흔들릴 것이었다.

백년을 이어온 간절한 희망이 결국 무력화되는 역사.

허균은 이 지적인 통찰 앞에서 깊은 좌절감을 느꼈다. 그들의 절규는 낭만적이었으나, 그 대가는 비극적이었다. 낡은 법도에 갇힌 채 정의를 호소하는 것은, 이미 썩어 문드러진 판관에게 삶을 구걸하는 것과 다름없었다.

"이 낡은 법도에서 정의를 호소하는 것은 시간 낭비이다. 근본적인 법도의 교체가 필요하다." 이 결론은 그의 마지막 낭만을 부수고, 그를 혁명이라는 냉정한 실용의 길로 밀어 넣었다.

그는 붓을 내려놓고, 탁자 위에 놓인 작은 단도를 집어 들었다. 단도는 차가웠고, 그 차가움은 그의 분노를 식히고 오직 하나의 의지로 응축시켰다. 이제 더 이상 조선의 법도에 무릎 꿇지 않는다. 이 밤, 그는 왕을 만나러 가는 것이 아니라, 낡은 법도를 완전히 해지할 계약서에 서명하러 가는 것이었다.

겨울 궁궐의 밀담: 대의를 건 두 이단아의 계약

허균을 태운 사인교(四人轎: 네 사람이 메는 가마)는 정문이 아닌, 으슥한 협문(夾門: 궁궐이나 성의 정문 옆에 있는 작은 문. 은밀한 통행이나 비밀스러운 방문에 사용됨)을 통해 궁궐의 그림자 속으로 스며들었다. 발소리마저 삼키는 깊은 어둠 속에서, 교꾼들의 거친 숨소리와 등불에 흔들리는 제 그림자만이 유일한 동행이었다. 겹겹의 문을 지날수록 한양의 소음은 멀어지고, 거대한 역사의 무게가 그의 어깨를 짓눌렀다. 이곳은 용이 사는 곳이자, 수많은 용의 꿈이 꺾이는 거대한 무덤이기도 했다.

그가 당도한 곳은 왕의 공식적인 집무실인 사정전이 아니었다. 왕의 사적인 휴식 공간이자 침전인 강녕전이었다. 공식적인 기록을 남기지 않겠다는 왕의 서늘한 의지가 읽히는 장소 선택이었다. 조선의 국법으로 왕과 신하의 독대는 역모에 버금가는 금기였다. 승지와 사관의 입회 없는 만남은 그 자체로 거대한 폭풍의 눈이었다.

내관의 안내로 들어선 전각 내부는 바깥의 혹한이 무색할 정도로 고요하고 적막했다. 화려한 장식들은 어둠 속에 제빛을 감추고 있었고, 방 한가운데 놓인 촛대의 희미한 불꽃만이 왕의 얼굴과 허균의 얼굴을 번갈아 비추고 있었다.

용상도, 옥좌도 없었다. 왕은 평상복 차림으로 낮은 서안을 앞에 두고 앉아 있었다. 그 모습은 군주라기보다, 깊은 상념에 잠긴 한 명의 고독한 사내에 가까웠다.

"앉으라."

광해군의 목소리는 촛불처럼 나직하게 흔들렸다. 허균은 예를 갖춰 절을 올린 후, 왕의 맞은편에 조용히 무릎을 꿇었다. 두 사람 사이에는 침묵이 흘렀다. 서로를 탐색하는, 칼날보다 날카로운 침묵이었다.

먼저 침묵을 깬 것은 광해군이었다.

"그대의 글을 읽었다."

왕은 서안 위에 놓인 책 한 권을 가리켰다. 허균의 문집, 『성소부부고』였다.

"'천하에 두려워해야 할 바는 오직 백성일 뿐이다'라…. 경은 짐을 두려워하지 않는가?"

그것은 질문인 동시에 시험이었다. 허균은 고개를 들고 왕의 눈을 똑바로 바라보았다. 그 눈동자 속에서 그는 얼어붙은 바다의 깊이를 보았다.

"전하. 소인이 진정으로 두려워하는 것은 백성이 아니라, 백성을 두려워할 줄 모르는 군주이옵니다."

대담한, 목이 달아나도 시원찮을 답변이었다. 광해군의 입꼬리가 비틀리며 희미한 미소가 번졌다. 조롱인지, 감탄인지 알 수 없는 미소였다.

"과연 교산답구나. 그대의 붓은 칼보다 날카롭고, 그대의 혀는 독보다 지독하다 들었다. 헌데 어찌하여 그 칼과 독을, 역심(逆心)을 품는 데 쓰는가? 그대가 진정으로 충(忠)을 바치는 곳은 어디인가?"

광해군의 마지막 질문은 돌파구였다. 허균은 이 순간을 평생 기다려왔다. 그는 무릎을 꿇은 자세 그대로, 왕의 눈을 마주 보며 선언했다.

"소인의 충(忠)이옵니까."

허균은 목소리를 낮추었으나, 그 안에는 낡은 시대를 단죄하는 서늘한 권위가 실려 있었다.

"전하. 조정 신료들의 충은 명나라의 쇠락한 하늘만을 향하고 있으나, 소인의 충은 이 땅, 조선의 백성들을 향하고 있사옵니다. 신료들은 그 명분 때문에 이 나라의 백성을 호랑이에게 던지려 하나이다! 소인은 그 낡은 충을 부정하옵니다."

그 대담한 선언에, 광해군은 잠시 숨을 멈추었다. 허균이 던진 질문은, 광해군 자신이 지난 세월 동안 홀로 옥좌에서 되뇌었던 바로 그 고독한 질문이었다. 왕은 허균에게서 적국의 그림자가 아닌, 자신의 거울을 보았다.

"나 역시 이 얼어붙은 옥좌에 갇힌 허수아비에 불과하다. 나의 신료들은 내가 백성을 위해 행하는 실리(實利: 백성의 생존과 국가의 이익 등 실질적인 가치를 뜻함)를 역심으로 몰고 있다."

처음으로 드러낸 왕의 진심이었다. 허균은 숨을 죽였다.

"나는 새로운 조선을 만들고 싶다. 북방의 오랑캐에게 고개 숙이지 않고, 남쪽의 왜구에게 짓밟히지 않는 부강한 나라를 만들고 싶다. 그러기 위해서는 막대한 돈과 강력한 군사가 필요하다. 허나 저들은 사사건건 나의 발목을 잡고, 국고는 텅 비었으며, 군사들은 굶주리고 있다."

왕의 목소리에 절박함이 묻어났다. 그는 몸을 앞으로 기울이며 허균을 쏘아보았다.

"교산. 그대라면… 그대라면 이 막다른 길에서 새로운 길을 찾을 수 있겠는가? 내가 실패한 실리의 충을, 그대는 완성할 수 있겠는가?"

심장이 거세게 방망이질 쳤다. 허균은 이 순간을 평생 기다려왔는지도 몰랐다. 자신의 머릿속에서만 존재했던 거대한 구상을 펼쳐 보일 단 한 번의 기회.

"전하. 길은 땅 위에만 있는 것이 아니옵니다. 육지가 막혔다면, 바다로 나아가야 합니다. 낡은 밭에서 더 이상 쌀이 나지 않는다면, 새로운 밭을 일구어야 합니다."

"바다라…?"

"그렇사옵니다. 이 나라는 삼면이 바다이면서도 스스로를 섬나라에 가두고 있나이다. 명나라와의 조공 무역에만 목을 매고 있으니, 어찌 부강해질 수 있겠습니까. 남쪽 바다 건너에는 무궁무진한 부(富)가 넘실대고 있사옵니다."

허균의 눈이 불꽃처럼 타올랐다.

"전하. 소인에게 배와 사람을 주시옵소서. 소인이 남쪽 바다에 아무도 상상하지 못한 새로운 나라를 세우겠나이다. 신분과 차별이 없고, 오직 능력만으로 뜻을 펼칠 수 있는 나라. 그곳에서 대양의 무역을 장악하여 막대한 부를 쌓고, 서양의 신식 무기로 무장한 무적의 군대를 길러내겠나이다."

그것은 미친 소리였다. 일개 신하가 새로운 나라를 세우겠다는, 대역죄 중의 대역죄였다. 그러나 광해군은 노하지 않았다. 그는 오히려 홀린 듯 허균의 말에 빠져들었다.

"그 나라의 이름은 무엇인가?"

"율도국(律途國). 새로운 길을 위한 법도가 다스리는 나라라는 뜻이옵니다."

율도국. 허균이 그의 소설 속에서 그렸던 이상향의 이름이었다.

"그곳에서 얻은 부와 군사력은, 오롯이 전하의 것이 될 것이옵니다. 전하께서는 그 힘으로 낡은 조정을 갈아엎고, 이 땅 조선을 전하께서 꿈꾸시는 나라로 만드실 수 있을 것이옵니다."

광해군은 숨을 삼켰다. 허균이 내민 패는 상상을 초월하는 것이었다. 위험했지만, 거부할 수 없을 만큼 매혹적이었다. 그것은 자신의 얼어붙은 왕국을 녹일 유일한 불꽃이었다.

"허나… 그대가 어찌 이 궁궐을 빠져나가, 그 거사를 도모할 수 있단 말인가. 그대의 이름은 이미 역적들의 명단 맨 윗줄에 올라 있거늘."

허균의 얼굴에 기이한 미소가 떠올랐다.

"전하. 새로운 나라를 세우기 위해서는, 낡은 세상의 허균은 죽어야만 하옵니다."

"… 죽는다니?"

"전하의 손으로, 소인을 죽여주시옵소서. 온 백성이 보는 앞에서 가장 참혹한 모습으로 죽여주시옵소서. 그리하여 세상 모두가 교산 허균은 죽었다고 믿게 만드시옵소서. 그리하면 소인은 유령이 되어, 그림자가 되어, 전하의 대업을 이룰 수 있사옵니다."

광해군은 온몸에 소름이 돋는 것을 느꼈다. 자신의 가장 절실한 동지를 제 손으로 죽여야만 시작될 수 있는 계획. 이것은 단순한 밀약이 아니었다. 불과 얼음으로 맺는, 지옥의 계약이었다.

두 사내는 오랫동안 말이 없었다. 촛불이 마지막 불꽃을 태우며 파르르 떨었다. 마침내 광해군이 입을 열었다. 그의 목소리는 겨울밤의 공기보다도 차가웠다.

"… 그리 하겠다. 짐은 그대의 그림자를 돕는 유령이 될 것이다."

그 짧은 한마디와 함께, 조선의 역사는 아무도 모르는 거대한 물줄기를 틀기 시작했다.

불온한 연합(不穩連合): 통치 위임 계약의 해지

광해군은 마침내 동맹을 수락했으나, 그의 얼굴에는 공포와 희망이 뒤섞인 복잡한 감정이 스쳐 지나갔다.

"교산, 그대가 세우려는 율도국은 나의 왕국에 복속될 것이 분명한데, 어찌하여 그대는 이 모든 것을 피와 죽음으로 시작하려 하는가? 나의 손에 그대의 피를 묻히는 이 참혹한 의식이, 진정 새로운 나라를 세우는 유일한 법도란 말인가?"

왕의 질문은 본질을 꿰뚫었다. 혁명의 도덕적 정당성에 대한 물음. 허균은 고개를 숙인 채, 잠시 침묵을 지켰다. 그의 눈빛은 더 이상 열변을 토하는 혁명가가 아니었다. 그것은 냉철한 법관의 눈이었다.

"전하. 소인의 대의는 복수가 아니옵니다. 그것은 '통치 위임 계약의 해지'이옵니다."
(통치 위임 계약의 해지: 백성을 지키지 못하는 법도는 이미 군주가 백성에게 위임받은 통치 권위(계약)를 잃었으므로, 새로운 법도로 체제를 교체하는 것이 정당하다는 주장임)

허균은 나직이, 그러나 단호하게 선언했다.

"호민론에 이르기를, 천하에 두려워해야 할 바는 오직 백성일 뿐이라 했습니다. 이는 곧 백성이 군주에게 생존과 정의를 위임하는 계약을 맺었다는 뜻이옵니다. 헌데 이 나라 조선은 어떻습니까. 명분이라는 낡은 환상에 사로잡혀 백성의 안위를 오랑캐의 발굽 아래 던지려 하고 있사옵니다."

그는 몸을 곧추세우며 왕을 똑바로 응시했다.

"백성을 지키지 못하는 법도는 이미 그 통치 권위를 잃었나이다. 이것이 바로 계약의 파기, 즉 혁명입니다! 소인의 죽음은 단순한 기만이 아니옵니다. 그것은 낡은 조선의 법도 아래에서 살았던 '양반 허균'이라는 존재가 멸절했음을 만천하에 선언하는 장엄한 선언문이 될 것이옵니다."

허균의 논리는 냉혹하리만치 이성적이었다. 광해군은 이 청년이 단순한 이상주의자가 아닌, 혁명이라는 수단과 목적 사이의 도덕적 딜레마를 냉철한 실용의 논리로 통과하고 있음을 깨달았다. 왕은 다시 질문했다.

"허나 그대가 말하는 율도국은 이상향인가? 그곳에는 폭력이 없는가? 그대가 세울 법도는 순결한가?"

"순결할 수 없음을 압니다. 전하." 허균이 답했다. "이상향은 박지원의 허생이 붓으로 그린 그림일 뿐, 현실의 율도국은 칼과 돈, 그리고 배신과 음모 위에서 세워져야 하옵니다. 목표는 이상적일지라도, 그 목표를 달성하는 과정에는 반드시 현실적인 수단이 필요하옵니다. 백성에게 짓밟히는 평화를 줄 수 없다면, 최소한 그들을 짓밟는 자들을 벌할 강력한 힘을 주어야 합니다."

광해군은 긴 한숨을 내쉬었다. 그 역시 조선이 낡은 체제가 가진 맹목적인 충성심을 혐오하고, 실리적인 생존을 추구했지만, 이처럼 자신의 모든 도덕성을 불태워 혁명의 불씨를 만들겠다는 허균의 결단 앞에서는 경외감을 느낄 수밖에 없었다.

제1부 밀약(密約)- 얼음과 불의 계약

"좋다. 그대가 유령이 되어 이 계약을 이행하겠다면, 짐은 이제 왕이 아닌 그대의 그림자가 될 것이다. 허나 명심하라. 이 계약의 파국은 두 나라의 공멸을 의미할 것이다."

그들의 계약은 단순한 밀약이 아니었다. 그것은 시대에 대한 단죄이자, 낡은 법도를 찢어버릴 두 이단아의 지적 맹세였다. 궁궐 밖의 눈은 계속 내리고 있었고, 그 침묵의 밤 동안, 조선의 역사는 이미 돌이킬 수 없는 새로운 길 위로 올라서 있었다.

내탕고의 설계: 비밀 자본의 탄생

허균이 그림자 속으로 사라진 뒤에도, 강녕전의 공기는 오랫동안 무겁게 가라앉아 있었다. 광해군은 미동도 없이 앉아 있었다. 그의 앞에는 텅 빈 술잔 두 개가, 방금 전까지 이곳에 있었던 거대한 밀약의 흔적처럼 놓여 있었다. 촛농이 딱딱하게 굳어가며 제 몸을 태운 촛불의 마지막 흔적을 남기고 있었다.

죽여달라. 자신의 손으로, 가장 참혹하게.

허균의 마지막 말은 독처럼 광해군의 귓가에 남아있었다. 그것은 단순히 계책이 아니었다. 자신의 유일한 동지를 제물로 바쳐야만 시작될 수 있는 잔인한 의식이었다. 왕의 길이란 이토록 비정한 것인가.

그는 눈을 감았다. 눈꺼풀 뒤로, 허균이 말했던 '율도국'의 모습이 아스라이 펼쳐졌다. 신분도 차별도 없는 나라. 막대한 부와 무적의 군대를 가진 나라. 그 나라가 자신의 칼이자 방패가 되어, 이 낡고 병든 조정을 갈아엎는 상상. 그것은 너무나 달콤하여, 기꺼이 독배를 마시게 할 만큼 치명적인 유혹이었다.

광해군은 마침내 결심을 굳혔다. 그는 자리에서 일어나, 곁을 지키던 늙은 내관에게 나직이 명했다.

"내수사(內需司)의 한치형(韓致亨)을 부르라. 가장 은밀한 길을 통해, 쥐새끼 한 마리 얼씬거리지 못하게 단속한 뒤에 들라 하라."

한치형. 그는 왕실의 사유재산을 관리하는 내수사의 수장, 제조(提調: 내수사의 최고 책임자. 보통 고위 관료가 겸직하며, 왕의 사적 재산을 관리하는 핵심 인물)였다. 그의 입은 천 근의 자물쇠보다 무거웠고, 그의 충심은 그 어떤 칼로도 베어낼 수 없을 만큼 깊었다.

얼마 지나지 않아, 한치형이 창백한 얼굴로 왕의 앞에 부복했다. 한밤중의 은밀한 부름은 그 자체로 흉조였다.

"일어나라."

광해군은 그를 일으켜 세운 뒤, 다시 서안에 마주 앉았다.

"자네가 내수사의 장부를 맡은 지 얼마나 되었는가."
"황공하오나, 전하. 십 년이 다 되어가옵니다."
"십 년이라… 그동안 자네는 짐의 손과 발이 되어, 나라의 곳간과는 다른 짐의 곳간을 훌륭히 채워왔다. 이제 그 곳간의 문을 열어야 할 때가 왔다."

광해군은 본론으로 들어갔다. 그의 목소리는 낮았으나, 그 안에 담긴 뜻은 폭풍과도 같았다.

"나라의 밭이 척박하니, 궁궐 밖 보이지 않는 곳에 새로운 밭을 일구려 한다. 그 밭에 뿌릴 씨앗과 물이 필요하다."

한치형은 숨을 삼켰다. '보이지 않는 밭'이라는 말의 의미를 그는 짐작할 수 있었다. 그것은 조정의 그 누구도 알아서는 안 될, 왕의 비밀 사업이었다.

"지금부터 내수사가 거두어들이는 모든 재물의 십 할 중 삼 할을 따로 떼어내라. 특히 황해도의 은광과 개성의 인삼 전매에서 나오는 이익은 단 한 푼도 빠짐없이 비밀 금고로 옮겨야 한다."

"전하! 하오나 그리하시면 내탕고(內帑庫: 왕실의 개인적인 비자금 또는 사적 재산을 보관하던 창고)의 수입이 눈에 띄게 줄어, 다른 궁가(宮家: 왕실과 관련된 집안. 즉 왕족이나 왕의 친인척 가문을 뜻함)와 신료들의 의심을 사게 될 것이옵니다."

"그러니 자네가 필요한 것이다."

광해군의 눈빛이 서늘하게 빛났다.

"두 개의 장부를 만들어라. 하나는 모두가 보는 빛의 장부, 다른 하나는 오직 그대와 나만이 아는 어둠의 장부다. 누구도 그 돈의 행방을 알아서는 안 된다. 그 돈은 처음부터 존재하지 않았던 돈이어야 한다."

한치형의 등줄기로 식은땀이 흘렀다. 그는 곧, 이 거대한 혁명 자본의 설계자가 되어야 했다.

"그 돈을… 어찌 옮기시려 하나이까."
"송방(松房: 조선 시대 개성 상인들이 조직한 거대한 상단)을 이용할 것이다."

송방. 개성 상인들로 이루어진 거대한 상단이자, 대대로 왕실의 비밀스러운 자금줄 역할을 해 온 그림자 조직이었다. 그들은 돈의 흐름을 핏줄처럼 엮고 끊는 데는 귀신과도 같은 자들이었다.

"자네는 송방의 대행수(大行首: 상단의 모든 상거래와 이익을 총괄하는 실권자)와 접선하여, 어둠의 장부에 쌓인 돈을 그들의 손을 통해 필요한 곳으로 흘려보내라. 그 돈이 어디로 가는지, 누구에게 쓰이는지는 자네조차 알아서는 안 된다. 자네의 임무는 오직, 마르지 않는 물줄기를 만드는 것뿐이다. 그 물줄기는 율도국의 심장이 될 것이다."

한치형은 온몸이 사시나무처럼 떨리는 것을 느꼈다. 그는 바닥에 머리를 조아렸다. 그의 이마에 차가운 마룻바닥의 감촉이 선명하게 느껴졌다. 그것은 돌아올 수 없는 강을 건너는 자의 낙인이었다.

한치형이 물러간 뒤, 강녕전에는 다시 정적이 찾아왔다. 광해군은 텅 빈 촛대를 바라보았다. 그는 마침내, 거대한 계획의 첫 번째 톱니바퀴를 돌렸다. 내당고의 열쇠는 이제 돌아가기 시작했다. 그 열쇠가 열게 될 문이 천국일지, 지옥일지는 아무도 알 수 없었다.

그는 다만, 더는 이 얼어붙은 옥좌에 홀로 앉아 있지 않으리라는 것만을 예감할 뿐이었다.

어둠의 회계사, 내수사 깊은 곳의 그림자

한치형은 왕의 밀명을 받은 후, 곧바로 움직였다. 그가 가장 먼저 찾아간 것은 내수사 소속의 젊은 서리(書吏: 조선 시대 관아에서 문서 및 행정 실무를 맡아보던 하급 관리), 강일모였다. 강일모는 아버지가 역관(譯官: 외국어 통역과 외교 실무를 담당하던 관직)이었으나, 어머니가 천인 출신이라 서얼보다 더 낮은 신분으로 취급받는 '천류 잡직'(賤流 雜職: 천민 계층이 맡는 허드렛일이나, 신분적 제약으로 인해 정식 관직에 오르지 못한 하급 실무직을 통칭함)에 갇혀 있었다. 그러나 그의 손 끝에서 주판알은 마치 살아있는 생물처럼 춤을 추었고, 복잡한 회계 장부는 그의 눈앞에서 투명하게 펼쳐졌다. 강일모는 뛰어난 계산 능력과 암기력을 가졌음에도, 사조를 명시해야 하는 조선의 법도 때문에 평생 내수사의 깊은 곳에서 그림자처럼 장부나 정리하는 신세였다. 그는 조선의 관료 체계가 버린, 가장 완벽한 인재였다.

"자네에게 목숨을 걸어야 할 일이 생겼다."

한치형은 강일모에게 단도직입적으로 말했다.

"목숨을 걸라 하시면 걸겠습니다. 허나, 그 일이 저 같은 천류 잡직이 평생 만져보지 못할 은전(恩典)을 가져다줄 일인지부터 밝혀주십시오. 지는 희망 없는 충성에는 목숨을 걸지 않습니다."

강일모의 목소리는 차분했지만, 그 안에는 억눌린 박탈감이 화약처럼 타오르고 있었다.

한치형은 강일모의 눈에서 그가 평생 겪었을 좌절과 분노를 읽었다.

"네가 바라는 것은 단순히 돈이 아닐 터. 너의 능력을 이 세상에 증명할 기회를 주마. 네가 지금부터 하는 일은 조선의 국고가 아닌, 왕의 사적 자금인 내탕고의 비밀을 해부하는 일이다."

한치형은 강일모에게 두 개의 장부, 즉 '빛의 장부'와 '어둠의 장부'에 대한 왕의 명령을 설명했다. 강일모의 얼굴에 놀라움과 함께 맹렬한 흥분이 피어올랐다.

"왕의 사적인 곳간이오? 내수사의 재산은 국고와 달리, 수련비나 장사자금 등 개인적인 용도로 쓰이지 않습니까? 그 장부를 손댄다는 것은, 곧 왕의 가장 깊은 사생활과 직결된다는 뜻입니다."

"그렇다. 그리고 그 사생활을 지키고 부풀리는 것이 네 임무다."

강일모는 장부를 받자마자, 내수사 깊은 곳에 은밀히 보관된 수십 권의 장부를 며칠 밤낮으로 분석했다. 그는 내탕고 자금이 은광, 인삼 전매뿐 아니라, 궁가 소유의 토지 수입, 그리고 명나라와의 밀무역에서 발생하는 수수료까지 복잡하게 얽혀 있음을 간파했다. 이 모든 흐름은 너무나 복잡하고 비밀스리워, 단 한 사람의 천재가 아니면 그 전모를 파악할 수 없도록 설계되어 있었다.

강일모는 어둠의 장부에 기록될 액수가 빛의 장부에서 어떻게 자연스럽게 '증발'되어야 하는지, 그 치밀한 속임수를 설계했다. 그는 공식적인 세입 보고에 오류를 발생시키지 않으면서도, 왕의 비밀 금고에 매달 일정액이 마르지 않는 물줄기처럼 흘러가도록 하는 장부의 변통을 만들어냈다.

"제 임무는 단순히 돈을 옮기는 것이 아닙니다, 제조님. 저는 왕실의 금고에 대한 인장을 받은 최초의 천류가 될 것입니다. 그들의 가장 은밀한 부(富)의 근원을 제가 통제합니다. 이것이 바로… 이 시대 최고의 통쾌함이 아니겠습니까."

강일모의 눈빛은 만족감으로 이글거렸다. 그의 재능은 조선의 법도 아래서는 평생 버려졌을 돌멩이에 불과했으나, 이제 허균과 광해군의 거대한 혁명 자본을 설계하는 가장 핵심적인 심장이 되었다. 왕의 사적 비자금이, 낡은 조선을 무너뜨릴 유령 혁명가의 자양분이 되는 역설. 그렇게 율도국 건설을 위한 막대한 자본은 가장 비밀스럽고 치밀한 방식으로 축적되기 시작했다.

꺾인 날개들

허균이 왕의 밀명을 받은 지 사흘째 되는 밤. 금강산으로 떠나기 전, 그는 마지막으로 제자들을 보기 위해 무륜당을 찾았다. 남산 기슭의 낡은 정자 '무륜당(無倫堂: '윤리(倫理)가 없다(無)'는 뜻)'에는 위태로운 불꽃들이 모여들고 있었다. '윤리를 무시하는 집'이라는 이름처럼, 그곳은 세상이 정한 질서를 비웃는 자들의 해방구이자 상처 입은 영혼들의 동굴이었다. 그들은 스스로를 '강변칠우(江邊七友:

허균의 서얼 제자들 일곱 명'라 불렀다.

아비는 고관대작이었으나, 어미가 첩이라는 이유만으로 세상으로부터 버림받은 서얼들이었다. 그들은 운명의 독재에 맞서 싸우는 이 시대의 '흙수저'이자 '꺾인 날개'였다.

그들은 하늘을 뚫을 기개와 재주를 가졌으되, 태생이라는 보이지 않는 쇠사슬에 묶여 영원히 땅위를 기어야 하는 운명. 그들의 가슴 속에는 끓어오르는 울분과, 이 부패한 시대를 향한 날카로운 조소가 뒤섞여 있었다. 그들의 고통은 개인의 불운이 아니라, 조선 법도 자체가 썩었음을 증명하는 증거였다.

"또 읽어도 가슴이 찢어지는구려. '천하에 두려워해야 할 바는 오직 백성일 뿐이다!' 교산 선생의 이 한 구절은, 얼어붙은 이 가슴에 불을 지피는 성전(聖典)과도 같소."

칠우의 맏형 격인 박응서(朴應犀)가 허균의 「호민론」 필사본을 내려놓으며 말했다. 그의 눈은 야망으로 이글거렸고, 칼을 잡는 손은 더 이상 붓을 잡지 못하도록 굳은살이 박여 있었다.

"허나, 형님. 우리는 언제까지 종이 위의 혁명만 보며 울분을 삼켜야 합니까? 선생께서는 우리에게 '재능의 평등'이라는 희망을 보여주셨으나, 정작 그 세상으로 가는 문은 핏줄이라는 벽으로 굳게 닫혀 있습니다. 문과 응시조차 막혀 있는 이 땅에서, 이 썩은 법도가 우리에게 남긴 것이 대체 무엇입니까?"

날카로운 반문은 심우영(沈友英)에게서 나왔다. 그는 뛰어난 시재

(詩才: 시를 짓는 재주)를 가졌으나, 그의 글은 서자라는 낙인 아래 제대로 평가받지 못했고, 그 좌절은 그의 영혼을 갉아먹고 있었다.

박응서가 술잔을 비우고는 결심한 듯 입을 열었다.

"기다림은 재주를 썩게 만들 뿐이네. 교산 선생께서는 인내를 가르치시지만, 우리의 청춘은 이 닭장 같은 땅에서 헛되이 소비되고 있어. 썩은 나무는 스스로 무너지지 않는 법. 누군가 피를 묻힌 도끼로 찍어야만 무너지네."

"도끼라니…. 형님, 끝내 피를 보시려는 겁니까?"

"힘이 필요하네. 우리의 뜻을 펼치기 위해서는 돈과 무기가 필요해. 저 탐관오리들이 백성의 고혈을 짜내 쌓아둔 재물을, 우리가 되찾아 와야 하네. 그것으로 동지를 모으고, 우리의 하늘을 열어야 해. 우리는 더 이상 종이 위의 활빈당이 아니라, 살아 움직이는 혁명의 심장이 되어야 하네!"

그의 말에 정자에 모인 젊은이들의 눈빛이 흔들렸다. 그것은 위험천만한 생각이었으나, 동시에 '흙수저'로 태어난 이들에게 주어진 유일한 탈출구처럼 지독하게 매혹적인 제안이었다.

바로 그때, 정자 입구에 그림자처럼 한 사내가 나타났다. 허균이었다. 그는 젊은이들의 굳은 표정과, 그들 사이에 감도는 폭발 직전의 공기를 단 하나의 눈빛으로 읽어냈다.

"무슨 의논들이 그리 비장한가. 그대들의 피 끓는 맹세가 창칼 소리보다 더 시끄럽구나."

 허균의 등장에 모두가 자리에서 일어나 예를 갖추었다. 박응서는 숨기지 않고 방금 전의 위험한 이야기를 털어놓았다.

 "선생님. 저희는 더 이상 이 운명의 독재에 굴복할 수 없습니다. 이 썩은 세상의 숨통을 향해 우리의 이빨을 한번은 드러내 보여야 합니다."

 허균은 그들의 순수한 분노를 보았다. 그것은 자신이 한때 품었던, 그러나 냉정한 실용의 논리로 식혀야 했던, 가장 뜨거운 불길이었다. 그는 박응서의 어깨에 손을 얹었다.

 "응서야. 그대의 용기는 하늘을 찌르지만, 끓어오르는 피만으로 세상을 바꿀 수는 없다. 섣불리 휘두른 칼은 체제라는 거대한 성벽을 긁기 전에, 너희의 목숨만을 거둘 것이다. 복수는 쉽지만, 혁명은 어렵다."

 "허면 어찌해야 합니까! 저희는 날개가 꺾인 채, 평생 이 닭장 같은 땅을 기어다니는 저주를 받아들여야만 합니까?"

 "아니다. 나는 그대들에게 파괴를 위한 도끼가 아니라, 창조를 위한 설계도를 주겠다."

 허균의 목소리는 단호했다.

 "나는 그대들에게 더 넓은 하늘, 국경도 신분도 없는 바다 위의 나라를 보여줄 것이다. 허나, 닭장을 부수는 것만으로는 부족하다. 새로운 법도(律)로 지탱될 둥지를 지을 나무와, 폭풍우를 피할 지혜가 먼저 필요하다. 혁명은 파괴가 아니라, 가장 치밀하고 고통스러운 준비를 필요로 하는 창조다. 너희의 재능은 조선을 부수는 데 쓰이는 것이 아니라, 새로운 율도국을 짓는 데 쓰여야 한다."

그는 자신의 진짜 계획을 말할 수 없었다. 그는 그저 이 혈기 넘치는 젊은이들을 다독여, 위험한 불길 속으로 뛰어들지 않게 막아야만 했다.

그러나 그의 말은, 절망에 빠진 젊은이들의 귀에는 '기득권자의 안일한 충고'처럼 너무나 멀고 이상적인 이야기로 들릴 뿐이었다. 그들은 허균을 존경했지만, 그의 냉철한 인내를 이해할 수는 없었다.

그날 밤, 허균은 무거운 마음으로 정자를 나섰다. 그의 등 뒤로, 젊은이들의 침묵이 칼날처럼 서 있었다. 그는 예감했다. 저 꺾인 날개들이, 날기 위해 마지막으로 몸부림치다 스스로 절벽 아래로 몸을 던져 파멸할지도 모른다는 것을. 그들의 순수한 열정이, 결국 그들을 비극으로 이끌, 혁명의 씨앗이 될지도 모른다는 것을.

허균이 떠난 뒤, 박응서는 동지들을 둘러보았다.

"선생께서는 우리를 아끼시기에 만류하시는 것이다. 허나, 선생께서는 우리의 고통을 다 알지 못하신다. 우리는… 우리의 방식으로, 피와 분노가 섞인 우리의 길을 열어야 한다."

그의 눈빛은 결연했다. 그날 밤, 무륜당의 촛불 아래, 꺾인 날개들은 기다림을 거부하고, 돌아올 수 없는 파멸의 강을 건너기로 맹세했다. 그들의 운명은, 그리고 허균의 운명은, 이미 비극의 궤도 위로 올라서고 있었다.

금강의 비술: 영혼을 거스르는 변장술

한양을 떠나 금강산으로 향하는 길은 속세의 먼지를 털어내는 고행길이었다. 북으로 향할수록 길은 험준해졌고, 인가는 뜸해졌다. 허균은 말 위에서 흔들리며, 며칠 전 왕과 나누었던 밀담을 수백 번이고 되새겼다. 왕의 고독한 눈빛과 자신의 목숨을 담보로 한 약조가 번갈아 떠올라 심장을 무겁게 짓눌렀다. 낡은 세상을 버린 자의 고독은 칼보다 날카로웠다.

"나으리! 이놈의 엉덩이가 내 엉덩이가 아닌 듯하옵니다. 차라리 두 발로 걷는 것이 낫겠나이다."

업동이 말 위에서 끙끙 앓는 소리를 냈다. 그의 얼굴은 죽을상이었으나, 눈은 살아있는 짐승처럼 주위를 쉴 새 없이 두리번거렸다.

"대체 그 대단하다는 스님은 어찌하여 사람 사는 곳이 아닌 구름 꼭대기에 암자를 짓고 사신단 말입니까? 신선놀음에 도낏자루 썩는 줄 모른다더니, 우리 같은 필부들은 다리 몽둥이가 먼저 썩어 없어지겠습니다."

허균은 대꾸하지 않았다. 업동의 투덜거림은 바람 소리처럼 들릴 뿐이었다. 그의 정신은 온통 금강산의 깊은 곳에 있다는 한 사람, 사명대사 유정에게로 향해 있었다. 그는 지극히 개인적인 인연을 넘어, 불가능을 가능케 할 비술(祕術: 남에게 알리지 않고 비밀리에 익히고 전수하는 술법)을 원했다. 세상을 영원히 속이고, 스스로의 죽음마저 연기해야 하는 거대한 계획의 마지막, 가장 고통스러운 조각이었다.

며칠을 더 가, 마침내 금강산의 초입에 들어섰다. 기기묘묘한 바위들이 구름 속에 허리를 감추고 있었고, 옥처럼 맑은 계곡물 소리가 세속의 시름을 씻어내는 듯했다.

사명대사가 머문다는 암자는 산 중턱, 인간의 발길이 닿기 어려운 곳에 있었다. 허균과 업동이 헐떡이며 암자 앞에 다다랐을 때, 그들을 맞은 것은 대사가 아닌, 동자승 하나였다.

"스님께서는 두 분이 오실 것을 알고 계셨습니다. 허나, 속세에서 묻혀 온 번뇌(煩惱: 마음을 괴롭히는 온갖 정신적인 번거로움과 고통)의 먼지를 씻기 전에는 뵐 수 없다 하셨습니다."

동자승은 암자 한편을 가리켰다. 거기에는 사람 키만 한 물독이 놓여 있었는데, 자세히 보니 바닥 근처에 실금이 가 있어 물이 조금씩 새어 나오고 있었다.

"이 독에 저 아래 계곡물을 길어 가득 채우시면, 그때 스님께서 나오실 것입니다."

"아니, 이보시오, 작은 스님! 이 독은 밑이 깨졌는데, 어찌 물을 채우란 말이오? 이건 불가능한 수작이오!"

업동은 길길이 날뛰었으나, 허균은 말없이 물지게를 들었다. 그는 알 수 있었다. 이것은 그가 천하를 담으려 했던 자신의 '깨어진 그릇'에 대한 은유적 선언임을.

그때부터 허균의 고행이 시작되었다. 그는 묵묵히 가파른 산길을 오르내리며 물을 길어 독에 부었다. 붓만 잡아 왔던 선비의 몸으로 감당하기엔 너무나 고된 노동이었다. 어깨는 벗겨지고 손바닥은 터져 피가 맺혔다. 업동은 흙을 이겨 깨진 틈을 막아보려 했지만, 물의 압력을 이기지 못하고 번번이 터져 나왔다.

독의 물은 절반을 넘기지 못하고 계속해서 새어 나갔다. 허균의 온몸은 땀과 흙으로 범벅이 되었고, 숨은 턱 끝까지 차올랐다. 그 순간, 그의 머릿속을 스치는 번쩍이는 깨달음.

'채우는 것이 아니라, 비워내는 것이구나. 완벽하게 채울 수 없다면, 내 자신을 비워 완전히 새로운 존재로 거듭나야 한다.'

그는 지게를 내려놓고, 차가운 계곡물에 자신의 얼굴을 담갔다. 한양의 권세, 궁궐의 암투, 왕과의 밀약, 그리고 세상을 바꾸겠다는 뜨거운 욕망까지, 그 모든 것이 차가운 물살에 씻겨 나가는 듯했다. 그는 마지막으로 길어 온 물을 독에 붓지 않고, 자신의 머리 위로 쏟아부었다. 온몸을 적시는 차가운 물줄기에, 번뇌로 가득 찼던 정신이 번쩍 뜨였다

바로 그때, 굳게 닫혀 있던 암자의 문이 소리 없이 열렸다.

안에는 낡은 승복 차림의 노승, 사명대사가 가부좌를 틀고 앉아

있었다. 세월의 깊이가 아로새겨진 얼굴. 그러나 그 눈빛만은 밤하늘의 별처럼 형형했다.

"이제야 속세의 먼지를 다 씻어내었는가. 그대는 채우지 못할 독을 붙들고 무엇을 그리도 애태웠는가."

나직하지만, 천지를 울리는 듯한 목소리였다. 허균은 예를 갖춰 삼배를 올렸다.

"대사께서는 제 그릇이 깨져 있음을 보여주셨나이다."

"그대의 재주는 하늘이 내렸으나, 그릇이 얕고 성정이 조급하여 늘 넘치는구나. 교산, 그대는 세상을 구하려는 것인가, 아니면 그대의 이름으로 새로운 세상을 증명하려는 오만에 찬 것인가?"

정곡을 찌르는 질문이었다. 허균은 차마 답하지 못하고 고개를 숙였다. 자신의 혁명 속에 한 줌의 오만과 공명심이 뒤섞여 있음을 어찌 부정할 수 있으랴.

"허나… 썩은 세상을 갈아엎는 데는 때로 그대의 그 위험한 불길이 필요한 법이지. 나는 그대의 길을 막지 않겠다. 다만, 그 불길에 그대 자신마저 타버리지 않도록, 생명의 근원을 거스르는 지극히 위험한 내단(內丹: 도교에서 단전(丹田)의 기(氣)를 수련하여 정(精)·기(氣)·신(神)을 연마하는 수련법)의 길을 일러줄 뿐이다."

사명대사는 허균에게 가까이 오라 손짓했다.

그는 허균에게 두 가지 비술을 전수했다. 하나는 자신의 기운을 변용하여 용모를 바꾸는 변장술(變裝術)이었고, 다른 하나는 온몸의 정기를 웅축시켜 십 년의 세월을 거꾸로 되돌리는 회춘술(回春術)이었다.

"허나 명심하라. 이 비술은 그대의 모든 것을 걸어야만 단 한 번씩만 쓸 수 있는 길이다. 변장술은 과거의 그대를 죽이는 칼이 될 것이고, 회춘술은 미래의 대업을 위해 남겨둘 마지막 기회가 될 것이다. 허투루 사용한다면, 그대의 영혼마저 소멸할 것이다. 생명을 거스르는 고통, 그것이 바로 혁명의 값이니라."

허균은 숨을 죽인 채 대사의 가르침을 온몸으로 받아들였다. 그것은 정신을 극한으로 집중하여 자신의 존재 자체를 바꾸는, 상상조차 할 수 없는 고통과 인내를 요구하는 수련법이었다.

날이 밝아올 무렵, 허균은 암자를 나섰다. 그의 몸은 천근만근 무거웠으나, 정신은 그 어느 때보다 맑았다. 그는 이제 세상을 뒤흔들 마지막 무기를 손에 넣었다.

암자를 떠나는 그의 등 뒤로, 사명대사의 나직한 읊조림이 바람처럼 실려 왔다.

"만약 입 지키기를 병마개 막듯 한다면, 이것이 바로 몸 편안케 하는 으뜸의 방법이라네."

그것은 축복이자, 섬뜩한 예언이었다. 허균은 뒤돌아보지 않고, 안개 자욱한 산길을 내려갔다. 금강산의 정기는 그의 뒤에 남았고, 그의 앞에는 피비린내 나는 속세의 길이 다시 펼쳐져 있었다.

남대문의 거짓 깃발: 형벌의 선고

금강산에서 내려온 허균은 다시 한양으로 잠입했다. 그의 행색은 초라한 늙은 짐꾼으로, 누구도 그가 왕의 침전에서 지옥의 계약을 맺은 조선 최고의 문장가이자 이단아임을 짐작하지 못했다. 광해군이 내린 밀지 '時(시)'가 그의 품속에서 뜨겁게 맥동하고 있었다.

1618년, 한양의 여름은 유난히 뜨거웠다. 대지는 가마솥처럼 달아올랐고, 아지랑이는 민심처럼 어지럽게 피어올랐다. 명나라의 거듭된 파병 요청과 신료들의 빗발치는 상소는 광해군의 조정을 거대한 압력솥으로 만들고 있었다.

광해군은 더 이상 버틸 수 없음을 직감했다. 쇠는 불로 다스려야 하고, 얼음은 얼음으로 깨뜨려야 했다. 허균은 그의 유일한 칼이자, 불길이었다.

며칠 뒤. 동이 틀 무렵의 남대문. 이른 아침 장으로 향하던 백성들의 발걸음이 웅성거림과 함께 성문 아래에서 멈춰 섰다. 누군가 밤사이 붙여놓은 큼지막한 벽서(壁書: 벽이나 담에 붙인 격문(檄文)) 때문이었다.

'포악한 군주가 하늘의 뜻을 거스르고 백성을 도탄에 빠뜨리니,

하남(河南)의 대장군 정(鄭) 아무개가 곧 군사를 이끌고 도성을 바로 잡으리라.'

글씨는 거칠었으나, 그 내용은 도성의 심장을 겨누는 비수였다. '포악한 군주'는 명백히 광해군을 지칭했고, '하남의 대장군'이라는 말은 민간에 떠도는 정감록의 미륵불 사상을 교묘하게 엮은 것이었다. 소문은 날개를 단 듯 퍼져나갔고, 한나절이 되기도 전에 한양은 벌집을 쑤신 듯 소란스러워졌다.

궁궐은 발칵 뒤집혔다. 광해군은 대전이 떠나가라 노성을 터뜨렸다.

"역적의 무리를 당장 색출하여 그 뿌리까지 뽑아내라! 단 한 놈도 살려두지 말라!"

왕의 분노는 하늘을 찔렀고, 의금부(義禁府)는 곧장 수사에 착수했다. 그러나 그 모든 것은 거대한 연극의 서막일 뿐이었다. 벽서를 붙인 것은 허균의 심복 현응민이었고, 그 배후에는 허균과 광해군의 차가운 밀약이 있었다.

수사는 놀랍도록 신속했다. 며칠 지나지 않아, 벽서의 필체가 허균의 집에서 발견된 종이의 글씨와 유사하다는 증험이 나왔다. 허균과 교류하던 서얼들과 불만 세력들이 줄줄이 끌려와 혹독한 고문을 받았고, 그들의 입에서는 약속이나 한 듯 '허균'이라는 이름이 터져 나왔다.

마침내 어영대장이 이끄는 금군(禁軍: 궁궐과 왕을 호위하는 중앙군)이 허균의 집을 겹겹이 포위했다. 업동은 사색이 되어 허균의 바짓

가랑이를 붙잡고 울부짖었다.

"나으리! 피하셔야 합니다! 이것은 함정입니다!"

허균은 그런 업동의 어깨를 말없이 두드려주었다. 그의 눈빛은 모든 것을 체념한 자의 그것처럼 평온했다.

"업동아. 세상에는 피할 수 없는 길이 있는 법이다. 너는… 살아남거라."

그것이 마지막이었다. 허균은 순순히 오라를 받았고, 역모의 수괴로 의금부 옥에 갇혔다.

심문은 잔혹했다. 허균은 역적들과 대질해야 했고, 모진 고문을 견뎌야 했다. 그는 뼈가 부서지는 고통 속에서도 꿋꿋이 버텼으나, 며칠 뒤 돌연 모든 죄를 시인했다. 그의 자백은 너무나 순순해서 오히려 의심스러울 정도였지만, 광분한 조정은 진실을 가릴 여유가 없었다.

모든 것은 계획대로였다. 허균의 죄는 만천하에 공표되었고, 거열형(車裂刑: 죄인의 사지를 소나 말에 묶어 찢어 죽이던 조선의 가장 참혹한 형벌)이라는 가장 참혹한 형벌이 내려졌다.

형이 집행되는 날이 다가왔다. 광해군은 자신의 유일한 동지가 세상 앞에서 가장 비참한 죽음을 맞이하는 날을 앞두고, 얼음보다 차가운 고독 속에 갇혔다. 왕은 자신의 심장이 갈가리 찢기는 고통을 느꼈으나, 이 잔인한 의식을 멈출 수 없었다. 이 죽음만이 허균에게 영원한 자유를 줄 수 있었기 때문이었다.

영혼의 변장술과 작별의 연서: 형장의 기만극

시간을 멈추고, 형이 집행되던 그날 새벽, 의금부 독방.

옥사는 핏물보다 차가운 긴장감에 휩싸여 있었다. 허균은 감옥 깊숙한 곳, 다른 죄수들과 격리된 독방에 갇혀 있었다. 그의 주변에는 삼엄한 경비가 둘러쳐져 있었으나, 그 경비의 틈은 왕의 명령을 받은 보이지 않는 손길에 의해 이미 무력화된 상태였다. 이곳은 형벌의 공간이 아니라, 새로운 창조를 위한 수술대였다.

자정 무렵. 옥사를 관리하는 의금부의 실무 책임자, 도사(都事: 관아의 실무 책임자 또는 서리들의 우두머리) 하나가 죄인의 처형 전 마지막 확인이라는 명목으로 그의 독방으로 들어섰다. 그는 광해군이 이 위험천만한 계획을 위해 심어놓은 충복이었다.

"소인, 왕명을 받들겠사옵니다."

"수고하네."

허균은 나지이 답했다. 그의 목소리는 이미 모든 것을 초월한 듯 고요했다.

잠시 후, 옥사의 깊은 어둠 속에서 형장에서 쓰일 대역 죄인(죄목은 강도였으나, 허균과 용모가 흡사한)이 비밀 통로를 통해 끌려 들어왔다. 대역은 자신이 살 길이 열렸다는 사실에 떨고 있었지만, 눈빛에는 새로운 삶에 대한 희미한 희망이 서려 있었다.

허균은 사형수의 눈을 응시했다. 사명대사에게 배운 변장술은 단순한 분장이 아니었다. 그것은 자신의 기(氣)를 극한으로 끌어올려 타인의 형상을 빌리고, 자신의 생명력을 나누어주는 영혼을 깎아내는 고통스러운 과정이었다.

그는 사형수의 이마에 손을 얹었다. 그의 온몸에서 뜨거운 기운이 솟아나 사형수의 몸으로 흘러 들어갔다. 허균의 얼굴이 창백하게 질리고, 늙은 짐꾼의 모습으로 변장했던 사형수의 얼굴은 서서히 허균의 익숙한 모습으로 바뀌어갔다. 놀랍도록 흡사한 용모. 그러나 그 안에 담긴 영혼은 달랐다.

"가거라. 네 가족은 짐이 아닌 내가 돌볼 것이다. 이 거사를 성공시키는 것이 네게 주어진 마지막 의무다."

변장술을 끝낸 허균은 다시 늙고 초라한 거지 행색으로 돌아갔다. 그는 이제 세상에서 삭제된 자. 존재하지 않는 유령이 되었다.

날이 밝자, 사형수(변장한 허균의 모습)는 형장으로 끌려 나갔다. 허균은 다리 밑 거지들 틈에 섞여, 멀리서 그 광경을 지켜보았다.

마침내, 형이 집행되었다.

저잣거리는 인산인해를 이루었다. 백성들은 천하의 역적이라 불리는 사내의 마지막을 보기 위해 몰려들었다. 형장으로 끌려 나온 허균의 모습(대역)은 초라했다. 사지가 소와 말에 묶이고, 찢어지는 비명과 함께 붉은 피가 형장을 적셨다. 끔찍한 광경에 백성들은 경악했고, 어떤 이들은 구역질하며 돌아섰다. 형장의 끔찍한 비명과 함께, 교산 허균은 낡은 세상에서 완벽하게 죽었다.

그 시각, 광해군은 창덕궁의 편전에서 조용히 붓을 들었다. 그는 형조에서 올라온 최종 보고서와 허균의 처참한 최후가 담긴 검시(檢屍: 죽은 사람의 시신을 조사하는 일) 기록을 읽었다. 그러고는 직접 쓴 반교문(頒敎文: 임금이 백성들에게 널리 알리는 교서(敎書))을 온 나라에 내렸다.

'역적 허균은 성품이 사납고 행실이 개, 돼지와 같았다. 윤리를 어지럽히고 음란을 자행하여 인간의 도리가 전혀 없었으니, 마땅히 그 시신을 찢어 죽여도 분이 풀리지 않을 것이다. 이에 천하에 대사령을 베풀어 기쁨을 함께 나누고자 하노라.'

그것은 왕이 자신의 유일한 동지에게 내리는, 가장 모욕적이고도 가장 완벽한 작별의 연서였다. 붓을 든 왕의 손은 미세하게 떨리고 있었다. 쇠를 녹이는 불은 바로 자신의 심장을 태우는 불이었고, 뼈를 깎는 얼음은 자신의 영혼을 얼리는 얼음이었다. 허균의 죽음으로 역모는 끝났다. 광해군은 역적의 수괴를 척결하고, 왕권을 굳건히 세운 군주가 되었다. 그러나 그는 알았다. 자신이 얻은 것은 잠시의 평화일 뿐, 가장 소중한 것, 자신의 절반을 잃었음을.

한편, 다리 밑에서 이 모든 것을 지켜본 허균은 비로소 깨달았다. 자신의 혁명은 이제 이 세상의 그 누구의 축복도, 이해도 없이, 오직 자신만의 힘으로 밀고 나가야 하는 고독한 길임을. 광해군의 저주와 함께, 그는 낡은 세상의 모든 인연을 끊어낸 '유령'이 되었다.

새벽의 강릉길: 유령의 그림자와 벼루의 온기

허균이 형장의 피로 낡은 세상에서 죽은 다음 날. 한양에는 비가 내렸다. 여름의 열기를 식히는 단비가 아니라, 핏자국을 씻어내는 차갑고 음울한 비였다. 세상은 빠르게 허균을 잊어갔다.

같은 시각, 허균은 비가 새는 광통교 다리 밑에서, 젖은 옷을 입은 채 기침을 콜록거리는 거지들 틈에 섞여 있었다. 그는 빗줄기 너머로 보이는 숭례문을 말없이 바라보았다. 그는 자신의 장례식을 가장 가까이서 지켜본 유일한 조문객이었다.

'나는 오늘 죽었다.'

그는 속으로 되뇌었다. 교산 허균의 죽음. 그것은 낡은 세상과 맺었던 모든 인연을 끊어내는 장엄한 의식이었다. 가족, 벗, 명예, 그리고 증오와 분노까지. 그 모든 것을 형장의 피와 함께 묻었다. 이제 남은 것은 오직 하나의 목적, 율도국(律途國)을 향한 차가운 의지뿐이었다. 그것은 슬픔을 넘어선 평온이었고, 절망을 넘어선 자유였다.

한편, 텅 빈 허균의 저택에서는 또 다른 생존자가 자신의 길을 찾고 있었다. 업동은 뜬눈으로 밤을 새운 뒤, 동이 트자마자 주섬주섬 짐을 꾸리기 시작했다. 낡은 옷가지 몇 벌과, 허균이 생전에 아끼던 벼루 하나를 몰래 품에 넣었다.

바로 그때, 어둠 속에서 그림자 하나가 다가왔다. 낯선 사내. 광해군의 충복, 의금부 도사였다.

"주인 잃은 개는 오래 짖지 못하는 법이다."

사내의 목소리는 낮고 위압적이었다. 업동은 경계하며 몸을 일으켰다.

"누구냐."

사내는 업동에게 작은 서찰 하나를 던져주었다. 거기에는 허균의 필체로 단 한 글자가 적혀 있었다.

'강릉(江陵).'

업동의 눈이 화등잔만 해졌다. 죽은 사람이 어찌 글을 쓸 수 있단 말인가. 혼란스러운 그의 귓가에 사내의 목소리가 다시 파고들었다.

"살아남으라 하셨던 네 주인의 명을 기억하라. 강릉으로 가라. 그곳에서 새로운 길이 열릴 것이다. 이 일은 왕의 비밀이며, 네 목숨은 이제 율도국의 씨앗이다."

사내는 그 말만 남기고 연기처럼 사라졌다. 업동은 서찰을 쥔 채 한참을 움직이지 못했다. 눈물이 뺨을 타고 흘러내렸다. 그것은 더 이상 슬픔의 눈물이 아니었다. 꺼져버린 줄 알았던 희망의 불씨가, 잿더미 속에서 다시 타오르기 시작하고 있었다. 주인의 마지막 명을 따르는 것, 그것이 주인을 잃은 개가 할 수 있는 유일한 충심이었다.

난설헌: 고향으로의 단절

허균이 광해군과 밀약을 맺은 직후, 그는 은밀히 누이 난설헌에게 암호화된 서신을 보냈다.

'대나무는 봄의 첫 바람을 기다린다. 검은 숲 아래에서 새로운 글을 쓸 시간이 왔다. 이 서신을 본 사흘 뒤, 홀로 떠나거라. 남기는 것은 과거이고, 가져가는 것은 미래다.'

한양의 어느 기와집에서 난설헌은 오라비의 서신을 몇 번이나 읽고 또 읽었다. '대나무는 봄의 첫 바람을 기다린다.' 난설헌은 오라비의 뜻을 이해했다. 그녀는 남편 김성립의 냉대와 자식들의 죽음으로 이미 서울에서의 삶에 미련이 없었다. 그 집에서 그녀는 붓을 쥐었으나, 그 붓이 세상의 차별을 부술 수 없음을 알았다. 그녀에게 남편의 집은 더 이상 안식이 아닌, 굴종의 공간이었다.

그녀는 남편 김성립에게 담담하게 말했다.

"제가 고향이 그립습니다. 잠시 강릉에 계신 가족을 뵈러 가고 싶습니다."

남편은 그저 일면식도 없는 표정으로 대답했다.

"마음껏 가거라."

그의 무관심이 어느 한때는 상처였으나, 이제는 탈출을 위한 자유였다. 난설헌은 조용히 짐을 꾸렸다. 서시(書詩: 시를 글로 적은 것) 몇 권, 그리고 아이들이 남긴 작은 목걸이 하나. 그뿐이었다.

오죽헌(烏竹軒)으로 가는 길은 길었다. 오라비의 처형 소식이 들려오기 며칠 전, 그녀는 조용히 짐을 꾸려 강릉으로 향했다. 그 닷새 동안 그녀는 자신이 누구였는지, 누가 될 수 있는지를 생각했다.

"더 이상 억울할 필요는 없다. 더 이상 침묵할 필요도 없다."

그렇게 중얼거리며 그녀는 강릉의 검은 대나무 숲을 향해 걸었다.

허균과 업동의 여정

허균은 보부상단(褓負商團: 등짐(褓)이나 지게(負)를 지고 다니며 물건을 팔던 상인들의 집단)에 늙은 짐꾼으로 섞여 동대문을 나섰다. 그의 여정은 고독했으나, 혼자가 아니었다. 그는 이미 칠우를 비롯한 옛 동지들에게 극비리에 신호를 보낸 후였다.

이때부터 허균의 여정은 조선 팔도를 가로지르는 은밀하고 위험한 그림자들의 움직임이 되었다. 서얼들이 주축이 된 상단과 역관들, 그리고 산속의 보부상단을 거치며, 허균은 낡은 짚신을 신고 천리 길을 걸었다. 그는 걸인이자 짐꾼, 때로는 병든 노승의 모습으로 변장하며 관군의 눈을 피했다. 이 길은 단순한 발이 닿는 대로 걷는 도주가 아니었다. 조선의 법도에 가장 억압받던 자들—재능을 잃은 서얼, 천한 신분 때문에 세상의 이치를 알면서도 침묵해야 했던 상인들—이, 죽은 역적의 탈출을 돕기 위해 자신들의 모든 것을 건 변국의 행렬이었다.

 허균이 한양을 빠져나간 지 열흘째 되는 밤, 업동도 마침내 양수리 나루터에 다다랐다. 그는 칠우의 한 동지가 마련해 준 작은 나룻배를 타고 강을 건너, 허균이 나아갔던 동쪽 길을 부지런히 뒤쫓았다.

 허균이 한양을 떠난 지 보름이 지나, 그리고 업동이 양수리를 떠난 지 닷새가 지나서야, 두 사람은 각자의 길로 마침내 동해의 거친 물결이 들이치는 강릉 땅에 다다를 수 있었다. 허균은 늙은 짐꾼의 모습으로, 업동은 남루한 행상으로 변장한 채였다.

 업동은 강 건너편에서 멀리 한양의 불빛을 바라보았다. 자신의 모든 기쁨과 슬픔이 담긴 곳. 이제는 돌아갈 수 없는 곳. 그는 품속의 벼루를 꺼내 달빛에 비춰보았다.

 "나으리… 살아만 계십시오. 이놈이 나으리의 벼루를 들고 세상 끝까지라도 가겠습니다. 나으리의 꿈은… 아직 끝나지 않았응께."

 그의 눈에서 뜨거운 눈물이 흘러내렸다. 그는 눈물을 훔치고, 다시 동쪽을 향해 걷기 시작했다.

 그렇게, 죽은 자와 살아남은 자는 서로의 존재를 알지 못한 채, 같은 목적지인 강릉을 향해 걷고 있었다. 그들의 발걸음이 향하는 곳, 동해의 거친 파도가 숨 쉬는 땅 강릉에서, 새로운 조선의 역사가 잉태되고 있었다.

제2부

창업創業

- 바다 위에 나라를 세우다 -

강릉의 붉은 돛 (1618년 가을, 출항)

강릉(江陵)의 바다는 깊고 푸르렀다. 허균의 고향 땅을 감싸안은 그 바다는, 한양의 탁한 정쟁과는 다른 언어로 속삭였다. 그것은 시작의 언어이자, 모든 것을 지워버리는 망각의 언어였다. 경포의 맑은 물은 그의 유년 시절을 비추고 있었고, 오죽헌의 검은 대나무들은 그의 가문이 지켜온 꼿꼿한 정신을 닮아 있었다. 그러나 이 평화로운 풍경 아래, 거대한 태풍의 눈이 조용히 몸을 불리고 있었다.

비밀 선착장과 출항 준비

동생 허성(許筬)도 움직였다. 그는 허균에게서 '가문의 모든 재산을 현물화하고, 동해에서 가장 안전한 바닷길을 열어두라'는 암시를 받고 몇 달 전부터 준비하고 있었다.

허성은 가문의 토지를 조용히 팔아 나갔다. 동쪽 산림, 논밭 세 마지기. '장가를 들 준비'라는 명목 아래. 현금과 은괴로 받아낸 그 자산은, 개성의 송방 상인들을 통해 강릉으로 이동했다.

허성은 표면적으로 대규모 해상 무역을 준비한다는 명목 아래, 강릉의 해안 깊숙한 곳, 정동진과 남항 사이의 외딴 포구에 비밀 선착장을 짓고 있었다. 그곳은 짙은 소나무 숲이 해풍과 파도를 막아주는 천혜의 요새였고, 외부인의 접근이 원천적으로 차단되는 곳이었다. 비밀 선착장의 건설은 명목상으로는 '해상 무역 기지 조성'이었다. 허성은 강릉의 지역 유지들에게 뇌물을 주었고, 일부 건설 인부들을 포섭했다. 그들 중 누구도 이것이 무엇을 위한 것인지는 묻지 않았다. 돈이 움직이는 곳에는 질문이 없었다.

광해군이 내린 비밀 자금은 내탕고의 강일모가 치밀하게 설계한 경로를 통해 흘러들어왔다. 강일모는 개성 송방의 대행수와 비밀 접선을 통해, 은괴와 쌀을 몇 달에 걸쳐 조금씩 강릉으로 운송했다. 표면적으로는 '해상 무역 준비를 위한 물자'였으나, 실제로는 율도국 건설의 핵심 자본이었다. 허성은 이 자금으로 낡은 어선을 사들이는 대신, 조선 수군이 자랑하던 판옥선(板屋船: 조선 수군의 대표적인 전투선)을 해체하고 대양 항해에 적합하도록 재설계하는 작업에 몰두했다. 배의 평평한 바닥은 깊은 바다의 파도를 가르도록 개량되었고, 돛대는 서양식으로 덧대어져 범선(帆船: 돛의 힘으로 항해하는 배)의 속도를 얻었다. 이 작업은 허균을 따르는 서얼 출신의 조선 최고의 장인 수십 명의 손에 의해 극비리에 진행되고 있었다. 허성이 관리하는 물길은, 단순히 배와 물자를 준비하는 데 쓰이는 것을 넘어, 혁명의 첫 번째 심장이 되었다.

허균은 늙은 짐꾼의 모습으로 강릉 땅, 경포호가 내려다보이는 외딴 초가집의 문을 두드렸다.

그를 마중 나온 것은 동생 허성이었다. 동생은 형의 남루한 행색과 낯선 얼굴을 보고도 한눈에 알아보았다. 그의 눈에 뜨거운 것이 차올랐다.

"형님…"
"세상에 교산은 죽었다. 이제 나는 이름 없는 자다."

허균의 목소리는 메마른 흙처럼 갈라져 있었다. 두 형제는 말없이 서로를 끌어안았다. 죽음을 넘어 다시 만난 혈육의 온기가, 그동안의 모든 고통을 눈 녹이듯 녹여 내렸다.

며칠 뒤 업동이 비틀거리며 초가집에 도착했다. 문을 연 것은 변장을 풀어 이제는 익숙한 제 얼굴로 돌아온 허균이었다. 업동은 귀신을 본 듯 뒷걸음질 치다가, 이내 그것이 꿈이 아님을 깨닫고는 땅에 주저앉아 아이처럼 오열했다.

"나으리! 나으리! 살아… 살아 계셨구만유!"

그의 울음은 서러움과 기쁨, 그리고 안도가 뒤섞인, 세상에서 가장 순수한 소리였다.

"이놈아, 곡소리 한번 거하게 하는구나. 내 장례를 두 번 치를 셈이냐."

허균은 웃으며 업동을 일으켜 세웠다. 업동은 눈물 콧물을 훔치며 주인의 옷자락을 놓지 않았다.

"나으리, 이놈은… 이놈은 나으리가 정말로 개, 돼지처럼 죽은 줄 알고…."
"업동아. 개, 돼지의 세상에서는 사람이 되기 위해 기꺼이 개, 돼지가 되어야 할 때도 있는 법이다."

허균은 업동을 일으켜 세워 어깨를 두드렸다.

"내가 너에게 주었던 강릉이라는 글자, 그것이 곧 새로운 법도(律途)를 여는 첫 번째 약속이었노라. 이제 우리는 다시 시작한다. 낡은 세상에서 죽은 허균은 없다. 다만 새로운 나라를 세울 한 사내가 있을 뿐이다."

업동은 코를 훌쩍이며 고개를 끄덕였다. 품속의 벼루를 꺼내 허균에게 바쳤다.

"나으리, 이놈이 이것만은 꼭 지켜왔사옵니다."

허균은 벼루를 받아 들고 오랫동안 들여다보았다. 한양에서의 모든 기억이, 그 무게 안에 담겨 있었다.

허균의 말에, 업동도 비로소 모든 것을 이해했다. 이것은 죽음이 아니라, 가장 장엄한 탄생의 시작이었음을.

난설헌: 왕국 자체가 되다

허균은 곧바로 누이 난설헌을 찾았다. 그녀는 오라비의 생존 소식 앞에서 무너지는 대신, 오히려 차분하고 강인한 태도를 보였다.

"오라버니의 죽음은 헛되지 않았습니다. 이 땅은 제 시(詩)를 짓밟고 제 아이들을 데려갔습니다. 조선의 법도는 저를 끝내 짓누르려 했습니다." 그녀의 눈빛은 청명한 달빛처럼 강인하게 빛나고 있었다.

"오라버니. 이 몸은 여인이라 벼슬길에 나설 수 없었으나, 오라버니가 세울 나라에서는 이 재주를 썩히지 않아도 되겠습니까. 저는 이 썩은 법도가 부와 명예만이 아닌, 한 여인의 영혼까지도 어떻게 파괴하는지 증언하는 살아있는 증거입니다."

"물론이다. 율도국에서는 붓이 칼보다 약하지 않고, 여인의 지혜가 사내의 힘보다 뒤지지 않는 규범을 세울 것이다. 그대는 이 새로운 왕국의 어머니이자, 정신적 기둥이 되어야 한다."

난설헌은 미소 지었다. 그녀의 시심(詩心: 시를 짓는 마음 또는 정서)은 이제 한(恨)을 노래하는 대신, 새로운 나라의 첫 번째 규범(律)을 짓는 기쁨으로 가득 찼다. 그녀는 오라비에게 조선 사회에서 받았던 고통과 좌절을 모두 털어놓으며, 이 새로운 나라가 낡은 질서에 짓밟힌 모든 약자들의 피난처가 되어야 함을 역설했다.

출항의 맹세

밤이 되자, 강릉의 비밀 선착장은 등불 아래 분주하게 움직이는 유령들의 도시로 변했다. 허성의 지휘 아래, 개조된 판옥선들이 돛을 올렸다. 그들 중에는 신분의 벽에 절망한 서얼 출신 학자들, 뛰어난 기술을 가졌으나 천대받던 장인들, 그리고 광해군이 비밀리에 파견한 정예 병력 수십 명이 있었다.

그 밤, 배에 오르는 백성들 사이에는 묘한 긴장과 희망이 교차했다. 한때 박응서의 동지였던 서얼 학자 심우영은, 자신이 조선에서 쓴 모든 시와 글을 낡은 궤짝에 넣어왔다. "내 붓은 조선의 사조 족쇄에 묶여 천 년을 기어야 했다. 이제 이 바다에서, 내 글은 율도국의 법도가 될 것이다." 그는 낡은 궤짝을 짊어지고 갑판에 올랐다.

장인 출신 강호는 조선에서 쇠를 만지면서도 늘 천대받던 솜씨였다. 그는 손에 굳은살이 박인 채, 율도국에서 만들 첫 주조물(허균의 지시에 따라 서양식 대포의 축소 모형)을 품에 안았다. "이 땅에서 내 손은 노비의 손이었으나, 저곳에서는 이 기술이 왕의 힘이 되리라."

배의 갑판 위로 마지막 짐들이 실렸다. 쌀과 소금, 무기와 갑옷 외에도 수만 권의 서책, 각종 농기구와 씨앗, 그리고 은괴가 빽빽이 채워졌다. 이것은 단순한 도주가 아니었다. 하나의 법도와 문명을 통째로 옮기는 거대한 이주였다.

출항을 앞둔 마지막 밤. 허균은 모두를 갑판 위에 모았다. 그의 등 뒤로, 칠흑 같은 동해의 파도가 낮게 울었다.

"오늘 밤, 우리는 조선을 떠난다! 우리가 버리는 것은 이 땅의 흙이 아니라, 우리를 짐승처럼 옭아매던 낡은 사슬과, 사람 위에 사람을 두는 부조리한 법도다! 너희의 능력은 핏줄에 의해 결정되지 않는다! 너희의 가치는 너희의 땀방울이 증명할 것이다! 우리는 이제 노비도, 상놈도, 양반도 아니다. 우리는 새로운 나라, 율도국의 첫 번째 국민이다!"

허균의 선언이 끝나자, 배 위의 사람들은 잠시 침묵했다. 누군가 흐느끼는 소리가 들렸다. 조선을 떠난다는 것은 곧 돌아올 수 없는 강을 건너는 것이었다. 고향의 산천, 조상의 무덤, 그리고 함께 살았던 이웃들. 그 모든 것과의 영원한 이별이었다.

난설헌은 멀리 보이는 오죽헌의 그림자를 바라보았다. 자신이 태어나고, 시를 쓰고, 슬퍼했던 그곳. 이제 다시는 볼 수 없을 곳.

"오라버니, 이것이 정말 옳은 길입니까?"
"옳고 그름을 묻기엔 너무 늦었다, 누이. 이제 우리가 할 수 있는 것은 이 길을 끝까지 가는 것뿐이다."

붉은 돛을 단 배들은 유령처럼 안개를 헤치며, 망망대해로 나아갔다. 그들의 나침반이 가리키는 곳은 지도가 아닌, 꿈이었다. 동쪽 바다 위로 여명이 밝아올 때, 그들은 이미 조선의 바다를 벗어나고 있었다.

율도 헌장의 초안: '능력의 평등'과 난설헌의 서명

율도 헌장 초안 회의: 새로운 법도의 탄생

출항 직전, 기함의 가장 깊숙한 선실에서 허균과 난설헌, 그리고 허균의 심복인 서얼 출신 학자들이 모여 마지막 회의를 열었다. 창밖으로 들리는 거친 파도 소리와 밧줄 묶는 소리, 그리고 돛을 올리는 선원들의 외침이 이들의 의논을 은밀하게 감쌌다. 배는 시시때때로 물 위에서 흔들렸고, 등불 아래 펼쳐진 두루마리 종이 위로 그림자들이 춤을 추었다. 이들은 단순한 도피가 아닌, 새로운 '법도(律)'의 창조를 위한 의식을 치르고 있었다.

가장 오른쪽에 앉은 이필홍이 먼저 입을 열었다. 그는 조선에서 서얼이라는 이유로 과거에 응시할 수 없었던 선비였다. 그의 얼굴에는 지난 십 년간의 절망과 화가 얇게 켜져 있었다.

"오라버니, 이 수많은 책을 싣고 가는 이유가 무엇입니까? 전쟁을 위한 무기만으로도 배는 이미 벅찬데, 더욱이 우리는 생존 자체가 급급하지 않습니까?"

난설헌이 조용한 목소리로 물었다. 그녀는 맨 왼쪽에 앉아 있었고, 그녀의 앞에는 율도국에서 적용될 법도의 초안인 '율도 헌장(律途憲章)'이라 적힌 두루마리가 놓여 있었다. 그 옆에는 먹물이 담긴 연적과 여러 자루의 붓이 놓여 있었다.

허균은 자신의 자리에서 천천히 일어났다. 그의 몸은 이미 늙은 짐꾼의 차림이었으나, 그의 눈빛은 여전히 선명했다. 그는 창문을 통해 밖의 바다를 바라보았다. 그 바다가 이제 그들의 귀향이자, 유일한 안식처가 될 것이었다.

"책은 지혜를 담고 있지만, 이 책들(조선의 모든 경전과 법전)에는 우리를 짐승처럼 옭아매던 낡은 법도와 그 오류가 고스란히 담겨 있다."

허균의 음성은 낮았지만, 침실을 가득 채웠다.

"우리는 그것을 거울삼아야 한다. 거울을 통해 자신의 추악함을 보아야 비로소 그것을 씻어낼 수 있으니까. 우리가 세울 율도국은 무력(武力)이 아닌 논리(論理)로 지탱되어야 한다. 칼로 세운 나라는 칼로 무너지고, 총으로 얻은 영토는 총으로 다시 빼앗긴다. 그러나 법도로 세운 나라는, 그 법도가 옳은 한 영원히 버틸 것이다."

허균은 붓을 들었다. 그의 손은 조금 떨렸다. 이 붓끝에서 나올 글자가 향후 몇십 년 동안 이들의 삶을 규정할 것이었기 때문이다. 그는 헌상 초안의 첫 술을 전전히 섞어 내려갔다. 먹이 송이 위에서 흐르고, 글자들이 하나둘 모습을 드러냈다.

제1조: 인간의 가치는 태어난 순간의 혈통이 아닌, 그가 땀 흘려 이룬 성취에 의해 결정된다.

허균이 붓을 놓고 조용히 말을 이었다.

"조선은 어떻게 했는가? 과거 시험 답안지에 사조를 명시하여, 재능보다 핏줄을 앞세웠다. 함경도에서 온 서인(西人: 조선 중기 이후의 주요 정치 세력 중 하나)도 능력이 뛰어나면 과거에 합격하지만, 시험장을 나가는 순간 서얼이라는 낙인이 관직의 문을 닫아건다. 노비 중에 천재가 있어 글을 배운다 해도, 그 재능은 주인의 노비일 뿐이다. 이것은 하늘의 뜻이 아니라, 탐욕스러운 기득권들이 만든 구차한 규율이다."

이필홍과 다른 학자들이 심하게 고개를 끄덕였다. 그들의 얼굴에는 분노와 동의가 뒤섞여 있었다.

"우리는 이 역겨운 관습을 뿌리부터 뒤집어야 한다. 율도국에서는 오직 능력만이 관직을 얻을 수 있는 유일한 자격이 될 것이다. 지위도 아니고, 혈통도 아니고, 성별도 아니다. 오직 '그 인간이 무엇을 할 수 있는가'만이 기준이다."

난설헌은 감격으로 눈시울이 붉어졌다. 여성으로서 세상의 법도 밖에 존재했던 그녀에게, 이 조항은 단순한 법전의 한 줄이 아니었다. 그것은 자신의 존재 자체를 부정해 온 조선에 대한 영원한 거부였고, 바다 위에서 새로운 삶을 살 수 있다는 확신이었다. 그녀는 눈물을 닦고 허균을 바라봤다.

그러나 이필홍이 다시 입을 열었다.

"선생님, 그렇다면 이것이 충분한가요? 능력이 높은 자들 사이에도 서열이 생기지 않을까요? 그 서열이 결국 새로운 신분을 만들지 않을까요? 가진 자가 못 가진 자를 다시 억압하는 그 굴레를 어떻게 끊겠습니까?"

선실에 긴장이 흘렀다. 이것은 도전이 아니라, 근본적인 질문이었다.

허균은 이 질문을 기다리고 있었던 듯하다. 그는 다시 붓을 들었다.

제2조: 모든 재산은 개인의 소유를 인정하나, 모든 국민은 매년 국가의 이윤을 배당받아 부(富)를 공유한다.

"이것은 활빈당의 약탈과 분배를 넘어선 것이다. '공유의 윤리'라고 불러야 할 원리이다."

이필홍이 흥분해서 다시 말했다.

"조선의 탐관오리들이 국고를 사적인 곳간처럼 운영했습니다. 백성의 세금으로 자신의 저택을 짓고, 첩들을 거느렸습니다. 그러나 우리는 국가 자체를 하나의 거대한 공동 상단(同業商團)으로 만들 것입니다. 모두가 동업자가 되어 위험을 함께 나누고, 수익을 공평하게 나누는 것입니다. 돈의 흐름을 혈속과 핏줄이 아닌, 공정함과 합리성이 통제하는 장전(章典: 법전 또는 중요한 규율이 기록된 문서를 뜻함) 말입니다."

제2부 창업(創業)- 바다 위에 나라를 세우다

선실의 분위기가 서서히 뜨거워졌다. 그들이 바라는 세상이 비로소 구체화되고 있었다.

그때 다른 학자가 손을 들었다. 그는 심우영이었다. 허균이 도움을 청했던 서얼 출신 학자 중 한 명이었다. 그의 얼굴은 이성적이었고, 그의 질문은 현실적이었다.

"선생님, 그렇다면 더 열심히 일한 자와 게을리한 자의 배당금이 같다는 뜻입니까? 이것이 과연 공정합니까? 이것은 새로운 불평등을 만들지 않을까요? '일한 자'와 '일하지 않은 자' 사이의 분란은 어떻게 막을 것입니까?"

침묵이 흘렀다. 이것은 이상주의와 현실 사이의 불가피한 충돌을 드러내는 질문이었다.

난설헌이 천천히 말했다.

"그것이 제3조의 이유입니다. 오라버니가 이미 말씀하셨듯이, 우리의 법도는 고정된 돌판이 아닙니다."

모두가 난설헌을 바라봤다. 여인이 말하고 있었고, 모두가 그녀의 말에 귀를 기울이고 있었다. 이것 자체가 이미 조선에서는 상상할 수 없는 장면이었다.

난설헌이 직접 붓을 들었다. 그녀의 손에는 조금의 떨림이 있었다. 조선에서 그녀는 결코 법을 만들 수 없었다. 그녀의 붓은 시를 쓰기만 했다. 이제 그녀의 붓은 역사를 쓰고 있었다. 그녀는 헌장에

제3조를 적어 내려갔다.

제3조: 이 법도는 인간의 불완전함에서 비롯된 것이기에, 5년마다 국민 회의를 통해 개정될 수 있다.

"법도는 신성한 하늘의 계율이 아닙니다. 조선은 그렇게 생각했기에 천년의 법도가 피로했습니다. 법도는 백성들의 지혜가 담긴 그릇이어야 합니다. 그 그릇이 깨지면 고치면 됩니다. 그 안의 물이 탁해지면 버리고 다시 채우면 됩니다."

난설헌의 목소리에는 교사의 확고함이 담겨 있었다.

"우리는 완벽한 나라를 만드는 것이 아닙니다. 우리는 스스로를 개선할 수 있는 나라를 만드는 것입니다. 완벽함을 추구하는 나라는 차라리 죽기를 택하지만, 개선을 추구하는 나라는 실패해도 다시 일어섭니다."

박응서가 그 말에 끄덕였다.

"그렇다면 제4조는 어떻게 되겠습니까?"

박응서의 질문이 선실을 가득 채웠다. 모든 눈이 허균과 난설헌을 바라봤다. 허균은 난설헌을 바라보고 붓을 그녀에게 건넸다. 그 행동 자제가 이미 답변이었다.

"이것은 내가 아닌, 그대가 정해야 할 조항이다. 난설헌, 그대는 이 새로운 법도(律途)의 어머니가 될 것이다. 제1조는 능력을 말하고, 제2조는 공정함을 말하고, 제3조는 개정 가능성을 말한다. 그렇다면 제4조는?"

난설헌은 붓을 들었다. 선실이 완전히 고요해졌다. 부드러운 파도 소리만이 배 밖에서 들렸다. 그녀의 손이 약간 떨렸다. 조선에서 그녀는 결코 이런 일을 할 수 없었다. 그녀의 붓은 시를 쓰고, 편지를 주고받고, 때로는 자신의 절망을 혼잣말로 중얼거리기만 했다.

이제 그 붓이 법도를 만들고 있었다.

제4조: 모든 국민은 성별과 신분에 관계없이 국정에 참여할 권리를 가진다. 다만 참여와 지위 배분은 오직 능력과 성취에 의해서만 결정된다.

난설헌의 필체가 종이 위에 검은 글자들을 남겼다. 그 글자들은 단순한 글씨가 아니었다. 그것은 조선에 대한 절규였고, 자신의 영혼이 빠져나가는 것을 막으려는 필사적인 저항이었고, 바다 위에서 새로운 여인으로 태어나겠다는 선언이었다.

선실의 모두가 그 글자들을 지켜봤다.

허균이 다시 말했다.

"이 법도의 첫 서명은, 조선의 낡은 법도에서 가장 소외되었던 그대의 붓으로 이루어져야 한다."

난설헌은 헌장의 가장 윗자리에 자신의 이름을 서명했다.

蘭雪軒

그 이름이 종이 위에 새겨지는 순간, 그것은 여성으로서, 그리고 시인으로서 조선의 법도를 영원히 거부하고, 바다 위에 새로운 법도를 창조하겠다는 지적인 맹세가 되었다.

박응서가 그다음으로 붓을 들었다.

"전 기꺼이 서명하겠습니다. 활빈당의 칼을 이 법도로 바꾸겠습니다."

그의 이름이 새겨졌다. 그다음 이필홍, 심우영, 그리고 선실에 모인 모든 서얼 출신 학자들이 붓을 들고 자신의 이름을 헌장에 새겼다. 각각의 서명은 조선에 대한 거부이자, 새로운 나라에 대한 맹세였다.

마지막으로 허균이 붓을 들었다. 그의 손은 더 이상 떨리지 않았다. 그의 필체는 결연했다.

許筠

허균은 붓을 놓고, 모두가 서명한 헌장을 다시 한번 바라봤다. 송이 위에는 이름이 적혀 있었다. 서얼 출신 학자들과 한 명의 여인, 그리고 한 명의 죽은 역적. 이들의 이름이 이 헌장을 증명하고 있었다.

"이 헌장이야말로, 우리가 배를 띄우는 궁극적인 이유입니다. 무기가 아닌, 법도. 칼이 아닌, 논리. 복수가 아닌, 창조. 이것이 우리의 근본입니다."

허균의 목소리는 낮았지만, 선실의 모든 사람의 가슴에 울렸다.

배 밖에서는 여전히 거친 파도 소리와 선원들의 목소리가 들렸다. 출항은 이제 불과 시간문제였다. 배의 모든 노는 풀려 있었고, 돛대는 하늘을 향해 솟아 있었다. 강릉의 비밀 선착장에서 출발한 배들은 이제 대양을 향할 준비가 되어 있었다.

그 배 위에서, 새로운 법도를 정한 다섯 명의 학자와 한 명의 여인, 그리고 한 명의 죽은 역적이 마지막으로 조선을 떠나는 순간을 기다리고 있었다. 그들은 알지 못했다. 이 헌장이 얼마나 오래 버틸 수 있을지, 그리고 그 이상이 얼마나 큰 비극으로 끝날 것인지를. 그들은 오직 희망만을 품고 있었다.

밤이 깊어 갔다. 동해의 파도는 점점 더 거세졌다.

흔들리는 방주, 떠오르는 규율 (1619년 겨울, 출항 1년)

바다의 시험: 공동체의 정체성 형성

바다는 거대한 독백이었다. 처음 며칠간, 뭍을 떠나온 해방감은 술처럼 달콤했다. 남쪽 해안을 빠져나온 배들은 밤하늘의 별을 나침반 삼아 동쪽으로 향했고, 조선의 관군은 뒤로 멀어져갔다. 선원들과 승객들은 묘한 충만감을 느꼈다. 죽음으로부터의 탈출 그리고 새로운 시작이라는 환상이 모든 것을 덮어가고 있었다.

그러나 끝없이 펼쳐진 수평선은 이내 망망한 절망의 다른 이름이 되었다. 조선 수군의 자랑인 판옥선은 연안의 전투에서는 무적의 요새였으나, 성난 대양의 품에서는 위태로운 나뭇잎과도 같았다. 배는 끊임없이 흔들렸고, 그 흔들림에 미숙한 뱃사람들의 배는 뒤틀렸다. 물자도 부족했다. 생각보다 빨리 식량이 줄어들었고, 담수의 맛이 날이 지나며 생선 내 섞인 쓸쓸한 맛으로 변했다. 일부 선원들은 무리하게 이곳에 온 자신의 운명을 저주하기 시작했다.

허균은 흔들리는 갑판 위에서도 반석처럼 굳건히 서 있었다. 그는 이 흔들리는 왕국의 군주이자, 길 잃은 양 떼를 이끄는 목자였다. 그는 매일 아침, 기함의 가장 높은 곳에 올라 함대 전체를 살폈다. 각 배의 상태를 확인하고, 낙오 없는 진형을 유지하는 것이 그의 첫 번째 책임이었다. 허균은 배를 지휘하기 위해 선원들의 말을 배워야 했다. 돛의 각도, 바람의 방향, 파도의 주기. 학자는 이제 선원이 되어야 했다.

항해가 열흘째에 접어들던 날, 식량 배분을 놓고 첫 번째 분쟁이 터져 나왔다. 한 선원이 자신의 배에는 쌀이 부족하다고 외쳤다. 다른 배에는 충분한 것 같은데 왜 자신들만 줄여야 하는가, 라는 불평이었다. 이는 단순한 식량 분배의 문제를 넘어, 공동체의 정당성에 대한 근본적인 의문이 되고 있었다. 조선에서 그들은 서로 다른 신분의 자들이었고, 이제 어떤 원칙 없이 모여 있는 상태였다. 누군가는 의식적으로 다른 누군가보다 더 나은 몫을 받으려고 할 것이다.

허균은 즉시 각 배의 책임자들을 기함으로 불러 모았다. 좁은 선실에 둘러앉은 이들의 얼굴에는 지친 기색이 역력했다. 허균은 처음으로 공식적인 말씀을 시작했다.

"우리는 지금 망망대해 위에 떠 있는 하나의 나라다. 이 배 위에는 더 이상 양반도, 상놈도, 서얼도 없다. 오직 율도국의 국민만이 있을 뿐이다."

그는 난설헌과 밤을 새워가며 적어 내려간 '율도국 선상 법도(船上法度: 배 위에서 지켜야 할 규율)'를 펼쳤다. 종이는 이미 염분에 휜 상태였으나, 글자는 선명했다.

하나, 모든 이는 신분과 관계없이 평등하며, 오직 각자의 역할과 능력으로 존중받는다.

하나, 모든 식량과 물자는 공동의 것이니, 공평하게 나누고 사사로이 탐하지 않는다.

하나, 모든 분쟁은 사사로운 폭력이 아닌, 공의회(公議會: 공동체 구성원들이 모여 공적인 의사를 결정하는 회의)의 결정에 따른다.

하나, 이 법도를 위반하는 자는 배에서 추방되거나, 공의회의 판단에 따라 처벌받는다.

허균의 목소리는 낮았으나, 선실 안의 모든 사람의 가슴을 울렸다.

"첫 번째 법도는 명확하다. 누구도 다른 누구보다 우월하지 않다.

둘째는 생존의 원칙이다. 셋째는 공정성이다. 그리고 넷째는 이 모든 것을 지키기 위한 규율이다."

박응서가 손을 들었다. "선생님, 만약 누군가 이 법도를 어기면서도 도망칠 수 없는 상황이라면? 이 대양 위에서 누가 이를 집행할 것입니까?"

허균은 박응서를 바라봤다. 이것이 바로 현실의 질문이었다.

"그것이 너의 역할이다, 박응서. 너와 네가 믿는 자들이 이 법도의 기둥이 되어야 한다. 조선에서 칼로 약탈했던 그 힘을, 이제는 정의를 지키는 데 사용하라."

박응서는 고개를 끄덕였다. 과거 활빈당의 지도자였던 그에게, 이것은 명확한 역할 배치였다.

수백 년간 조선의 뼈대를 이루었던 모든 질서를 부정하는 이 선언은, 이들을 하나의 공동체로 묶는 강력한 접착제였다. 그날 이후로, 배 위의 사람들은 '율도국의 국민'이라는 정체성을 가지고 살아가기 시작했다.

폭풍우: 바다가 던진 시련

그러나 그 정체성이 현실 속에서 얼마나 단단할 수 있을지는, 바다가 던진 첫 번째 시련 앞에서 시험대에 올랐다.

항해가 스무날째에 접어든 밤, 하늘은 순식간에 먹물처럼 검게 변했다. 불과 몇 순(旬) 전의 푸른 물결은 사라지고, 집채만 한 파도가 함대를 삼킬 듯 덮쳐왔다. 조선 수군 판옥선을 개조한 배들은 연안용이었기에 성난 대양의 격노 앞에서 위태로운 장난감처럼 보였다.

"폭풍우다! 돛을 내려라! 밧줄을 묶어!"

허균의 외침이 뱃고동 소리처럼 울려 퍼졌지만, 뱃멀미와 공포에 질린 선원들은 우왕좌왕했다. 그들이 조선에서 배워온 뱃길 지식은 이 폭풍우 앞에서 무용지물이었다.

"나으리! 이놈은 바다에 묻히기 싫사옵니다!"

업동은 뱃머리의 굵은 밧줄에 매달린 채 비명을 질렀다. 그의 작은 몸은 파도에 씻겨 나갈 듯 위태로웠다. 허균은 빗물에 젖은 채, 사납게 웃으며 대답했다.

"묻히고 싶지 않으면, 밧줄을 잡아라! 두려움이 너를 죽이게 두지 마라!"

그 순간, 거대한 파도가 기함의 갑판을 휩쓸었다. 판옥선의 평평한 바닥은 파도에 얻어맞으며 비명을 질렀고, 돛대는 금방이라도 부러질 듯 휘어졌다. 업동은 밧줄을 놓칠 뻔했으나, 옆에서 난설헌이 그의 손을 붙잡았다.

난설헌은 선실에서 부상자를 돌보다가 폭풍에 배가 기울자, 갑판으로 올라왔다. 그녀는 두려움에 질린 여인들을 다독이고 있었다. 그녀의 얼굴은 핏기 하나 없었으나, 눈빛은 흔들리지 않았다. 그녀의 단호한 목소리가 폭풍우를 뚫고 울렸다.

"아직 죽을 때가 아니다, 업동! 조선의 법도에 굴하지 않고 여기까지 왔다면, 이 바다의 규율에도 굴하지 마라!"

업동은 난설헌의 손을 붙잡고, 다시 밧줄을 잡았다. 허균은 가장 냉철한 판단을 내렸다. 배의 평형수를 재조정하고, 부러지기 직전인 보조 돛을 잘라내는 결단을 내렸다. 학자의 머리가, 선장의 결단으로 바뀐 순간이었다.

"두려워 마라! 이 파도는 우리를 시험하는 하늘의 관문이다! 이 파도를 넘어서야, 우리는 새로운 세상에 닿을 자격이 생긴다!"

폭풍은 밤새 계속되었고, 새벽이 되어서야 마침내 잦아들었다. 갑판에는 지친 사람들이 흙처럼 쓰러져 있었다. 쾌속선 두 척이 대열에서 사라졌고, 스무 명이 넘는 사람들이 파도에 휩쓸려 나갔다. 율도국의 첫 희생자들이었다.

허균은 젖은 머리칼을 쓸어 넘기며 침묵했다. 그는 잃어버린 동지들을 기리는 묵념을 올리며, '함께 죽을 뻔했던 경험'이 율도국의 가장 강력한 공동체 의식으로 자리 잡았음을 깨달았다. 그가 제시한 새로운 법도(律途)는, 이처럼 피와 희생 위에서만 세워질 수 있었다.

활빈당의 재탄생: 의적에서 행정 예비군으로

파괴자에서 건설자로

율도국 함대는 폭풍우가 멎은 뒤 작은 무인도에 잠시 정박했다. 섬은 소나무 숲으로 뒤덮여 있었고, 암석 사이사이로 민물 샘도 흘러나오고 있었다. 식량과 식수를 재보급하는 동안, 배 위에는 휴식의 기분이 감돌았다. 첫 번째 죽음을 겪은 사람들은 이 안정된 육지의 느낌에 감사했고, 어린이들은 다시 웃음을 되찾았다. 그러나 허균은 쉬지 않았다.

그는 조용히 박응서에게 신호를 보냈다. 칠우의 맏형인 박응서는 허균의 눈빛만으로 의도를 이해했다. 무인도 숲 깊은 곳에서의 비밀 회의였다.

밤이 되자, 박응서와 함께 칠우 조선 시대 '무륜당(無倫黨)'이라 불렸던 의적 집단의 동지들이 하나둘 모여들었다. 심우영, 강호, 그리고 다섯 명의 서얼 출신 의적들. 그들은 조선에서 '활빈당'으로도 불렸으나, 그 정체는 더 복잡했다. 신분제의 희생자들이자, 백성을 보호하는 의협심 넘친 자들이었고, 동시에 관군에게 쫓기는 흉악범들이기도 했다.

그들의 얼굴에는 여전히 조선의 관군으로부터 도망친 뜨거운 분노와 살기가 남아있었다. 그들은 손에 칼을 들고 있었고, 눈빛에는 전투의 기억이 어려 있었다. 지난 십 년간 그들은 산을 누비며 칼로 정의를 구현하려 했다. 그 과정에서 그들은 수백 명의 관군을 무찌르고, 수천 명의 백성을 구했다. 그러나 그들 역시 체포되고, 죽임을 당했고, 도망쳤다.

허균은 모닥불 옆에 앉았다. 불빛이 그의 얼굴을 반쯤 밝혔고, 반쯤은 어둠에 잠겼다. 그는 매우 조용한 목소리로 말을 시작했다.

"활빈당 동지들이여."

허균의 목소리는 낮았으나, 모두가 귀를 기울였다.

"조선에서 우리는 낡은 법도의 파괴자였다. 탐관오리들의 곳간을 터뜨리고, 약탈한 금은을 백성들에게 나누어주던 의적들이었다. 너희가 사람들을 도울 때, 너희는 영웅이었다. 너희의 칼은 정의의 칼이었고, 너희의 손은 구원의 손이었다. 그러나…"

허균이 일시 멈추었다. 모닥불이 타닥타닥 소리를 냈다.

"… 너희가 도울 수 있는 백성은 고작 한 지역뿐이었다. 너희가 약탈을 감행할 때마다, 조선의 관군은 더욱 강하게 무장했다. 너희가 곳간을 터뜨릴 때마다, 탐관오리들은 더욱 깊숙이 숨어들었다. 그다음 지역은 다른 의적 집단이 이미 소탕했거나, 관군이 더욱 강하게 지키고 있었다. 너희의 손에서 벗어난 백성들은 계속 굶주렸고, 계속 죽어갔다."

박응서의 수먹이 모래 위에서 떨렸다. 허균의 말은 그들의 한계를 너무나 정확히 지적하고 있었다.

"그렇습니다. 아무리 한 달에 다섯 번을 약탈해도, 조선의 부패는 하루 종일 재생산되었습니다. 우리가 터뜨린 곗간은 다시 채워지고, 우리가 죽인 탐관오리는 다른 탐관오리로 대체되었습니다."

심우영이 고개를 들었다. 그의 눈빛에는 처음으로 의문이 떴다.

"그렇다면… 우리가 한 것이 의미가 없다는 말인가요?"

허균이 심우영을 바라봤다.

"의미가 없다는 것이 아니다. 의미가 불완전했다는 것이다. 너희는 한 번의 파괴는 잘했으나, 지속적인 창조를 할 수 없었다. 파괴는 창조보다 쉽다. 칼로 곗간을 터뜨리는 것은, 펜으로 법도를 쓰는 것보다 얼마나 더 쉬웠는가."

허균이 손가락으로 모래 위에 글을 적기 시작했다. 그는 느리지만 정확하게 새로운 문장들을 그려 내려갔다.

'파괴자는 하룻밤에 모든 것을 무너뜨릴 수 있다. 그러나 건설자는 평생이 걸린다. 너희는 지금까지 파괴자였다. 하지만 이제 우리는 건설자가 되어야 한다.'

모래 위의 글자들이 불빛에 반짝였다.

박응서가 갑자기 일어섰다. 그의 몸이 불빛 아래에서 거대해 보였다.

"선생님! 그렇다면 저희는 당장이라도 조선 연안으로 돌아가야 합니다! 저 탐욕스러운 관료들의 곗간을 터트려야 합니다! 이번에는 진짜로, 영원히 그들의 악행을 멈출 수 있을 것 같습니다!"

박응서의 말에는 오래된 분노와 새로운 희망이 뒤섞여 있었다. 그의 손은 칼의 손잡이로 움직이고 있었다. 마치 지난 십 년간의 모든 압박을 한 번에 터뜨릴 준비가 되어 있는 듯했다.

그러나 허균의 대답은 예상과 다르게 냉정했다.

"곗간을 터뜨려 무엇을 할 것이냐, 박응서?"

허균이 천천히 질문했다. 그의 목소리에는 질책이 없었다. 단지 호기심과 논리가 있었다.

"약탈한 재물을 백성들에게 나누어 준들, 하루의 굶주림을 면하게 할 뿐이다. 그다음 날, 또 다른 탐관오리가 다시 약탈을 시작할 것이다. 너희가 몇십 년을 약탈해도, 조선의 법도 자체가 바뀌지 않으면, 백성의 고통은 계속될 것이다. 이것을 이해하는가?"

박응서는 입을 다물었다. 허균의 논리는 견고했다.

허균이 일어서며 계속했다.

"너희는 조선에서 무엇을 배웠는가? 약탈과 도망, 음지에서의 생존법을 배웠다. 그러나 너희가 배우지 못한 것이 있다. 그것이 바로 정치(政治)다."

그가 모래 위의 지도를 가리켰다. 지도는 가상의 지역을 그린 것이었다. 산, 강, 마을들.

"보거라. 조선의 탐관오리들이 어떻게 백성들을 짓밟는가? 그들은 폭력으로만 억누르지 않는다. 그들은 법도(法度)로 억누른다. 조선의 법도가 신분을 고정시킨다. 양반은 양반이고, 서얼은 서얼이고, 노비는 노비다. 이 신분을 근거로, 세금을 다르게 걷는다. 양반에게는 적게, 노비에게는 많게. 그 세금으로 자신의 권력을 유지한다. 이것이 악순환이다."

허균이 모래 위에 화살 그림을 그렸다. 신분에서 출발한 화살이 세금으로, 세금에서 권력으로, 권력에서 다시 신분 고정으로 돌아오는 악순환이었다.

"보이는가? 이 사슬을 칼로 끊을 수 있겠는가?"

심우영이 고개를 저었다.

"아니요. 칼로는 한 명의 탐관오리를 죽일 수 있지만, 사슬을 끊을 수 없습니다."

"맞다. 그렇다면 어떻게 끊을 것인가?"

허균이 다시 모래 위에 새로운 화살들을 그렸다.

'능력을 근본으로 세금을 걷되, 단지 신분에 매이지 않으리라 하노라. 그렇다고 하여 게으른 자에게 가벼운 세를 내리게 허락해서는 아니 되느니라. 능력을 바탕으로 하되, 세금 부담은 성실과 의무의 표상이 되도록 하여, 게으름에는 벌칙을, 부지런함과 공정함에는 보상을 주는 법도 즉 모두가 동등하게 살 수 있도록. 그렇게 되면, 더 이상 신분이 필요 없다. 권력 자체가 필요 없다. 법도가 모두를 평등하게 유지한다.'

박웅서는 모래 위의 새로운 도형을 바라봤다. 그것은 이전의 악순환과 다른 순환이었다. 선순환이었다.

"우리가 그들을 이기는 유일한 방법은, 그들보다 더 효율적이고 공정한 법도를 증명하는 것이다. 너희가 이해하는가?"

허균의 목소리는 차가운 강철 같았다.

"혁명은 낭만적인 약탈이 아니다. 혁명은 낡은 회계(會計)와 벼슬 체계보다 더 효율적이고 공정한 회계와 벼슬 체계를 증명하는 치밀한 경영(經營)이다."

그 순간, 모닥불의 불이 특히 크게 타올랐다. 마치 그 말을 증명하듯이.

새로운 역할의 부여

그 밤, 허균은 박웅서와 다른 질우늘에게 세 가지 구체적인 임무를 부여했다.

첫째, 둔갑술(遁甲術: 몸을 숨기거나 다른 모습으로 변장하는 신비로운 술법)을 밀정의 눈으로 모든 소문을 살피라.

허균이 박응서를 불러 자신의 곁에 앉았다.

"너희가 배운 둔갑술과 축지법(縮地法: 땅을 줄여서 먼 거리를 빠르게 이동하는 술법)은 무엇인가? 몸을 감추고, 빨리 움직이며, 관군의 눈을 피하는 비술이다. 그것은 조선에서는 신비로운 기술로 불렸으나, 율도국에서는 무엇이 될 것인가?"

박응서가 생각에 잠겼다. 그의 입술이 움직였다.

"그것은 곧 신속한 전령(傳令) 되리라."

"맞다. 너희의 재주는 이제 단순히 몸을 감추는 능력이 아니다. 율도국과 조선 본토 사이에 정보를 전달하는 가장 신속하고 은밀한 발 빠른 전령과 기민한 눈길이 되어야 한다."

허균이 앞으로 기울었다. 그의 눈빛에는 절실함이 있었다.

"조선의 관군들이 상상조차 못 할 속도로 움직여라. 그들이 둔갑술이라 부르는 것이, 우리에게는 신속한 전령의 재주가 될 것이다. 너희는 더 이상 강도가 아니라, 밀정이 되어 길목마다 바람을 들어야 한다. 조선 조정의 움직임을 읽고, 광해군(光海君)과 접선하며, 관군의 진형을 파악하라. 너희의 칼날이 아닌, 너희의 눈동자가 우리를 지킬 것이다."

박응서는 고개를 끄덕였다. 이것은 새로운 종류의 전쟁이었다. 더 위험하고, 더 중요한 전쟁이었다.

둘째, 약탈(掠奪) 대신 행정 모의 훈련을 수행하라.

허균은 모래 위에 무인도의 지도를 그렸다. 그는 가상의 지역을 몇 구간으로 나누고, 각 구간에 다양한 계층의 사람들을 배치했다. 양반 지주 1, 소작인 10, 노비 50, 아이 5.

"이제부터 활빈당은 '율도국 예비 행정 조직'이다. 너희는 이 섬에서 새로운 법도에 따른 세금 징수 모의 훈련을 수행해야 한다. 가장 효율적으로 세금을 징수하되, 가장 공정하게 배분하는 법을 익혀라."

허균이 모래 위에 그린 첫 번째 구간을 손가락으로 가리켰다.

"예를 들어 보자. 이 구간에는 양반 지주 5명과 노비 200명이 산다. 조선의 법도에 따르면 어떻게 되는가? 양반에게는 무거운 세금을 징수할 수 없다. 왜냐하면 양반은 신분이 높기 때문이다. 따라서 노비에게만 모든 세금을 매긴다. 그 결과 무엇이 되나? 지주들은 더욱 부유해지고, 노비들은 더욱 가난해진다. 지주들은 노비를 더욱 혹독하게 착취한다. 노비들은 더욱 가난해진다. 이것이 조선의 악순환이다."

심우영이 손을 들었다.

"그렇다면 율도국은 어떻게 하겠습니까? 같은 세금을 모두에게 매기면, 부유한 자도 가난한 자도 같은 부담이 되지 않을까요?"

"좋은 질문이다."

허균이 웃음을 지었다. 그것은 오랜 생각 끝에 나온 결론을 지적받은 기쁨의 웃음이었다.

"우리의 법도(律途)는 능력을 근본으로 세금을 걷되, 단지 신분에 매이지 않으리라. 허나, 그렇다고 하여 게으른 자에게 가벼운 세를 내리게 허락해서는 아니 된다. 세금 부담은 개인의 능력을 바탕으로 하되, 성실과 의무의 표상이 되어야 한다."

허균의 목소리에 힘이 들어갔다.

"신분은 보지 않으나, 게으름은 벌할 것이다. 양반이라도 능력이 있는데 게으름을 피운다면 그에 상응하는 벌칙을 물을 것이고, 노비라도 부지런함과 공정함으로 성과를 낸다면 그에게는 보상을 줄 것이다. 법도가 모두를 평등하게 유지하는 것이다. 그렇게 되면 무엇이 일어나는가?"

강호가 입을 열었다.

"더 열심히 일할 동기가 생깁니다. 왜냐하면 내가 일한 만큼이 인정받고, 그 인정이 내 삶을 풍요롭게 하니까요. 그리고 게으른 자는 더 이상 신분 뒤에 숨을 수 없게 됩니다."

"그렇다. 지속 가능한 선순환이 생긴다. 더 이상 신분 자체가, 그리고 권력 자체가 필요 없는 세상. 오직 법도만이 모두를 평등하게 유지하는 것이다."

허균이 주판을 꺼냈다. 그것은 오래되고 손때 묻은 주판이었다.

"이 주판으로 계산해 보자. 너희는 세금을 징수하고, 배분해 보는 훈련을 한다. 종이 위에서라도, 노비의 아들에게 양반과 똑같이 급료를 주는 체계를 운영해 보라. 혹은 더 열심히 일하는 노비 아이가 게으른 양반보다 더 많은 급료를 받는 일도 일어날 수 있다."

허균이 주판을 박응서의 손에 건넸다.

"그대들의 손이 칼 대신 주판을 잡고, 복수 대신 법전(法典)을 익히는 순간, 율도국은 비로소 국가(國家)가 된다."

셋째, 기술자와 군사 전문가의 양성(養成).

허균이 강호의 손을 잡았다. 그의 손은 칼날의 굳은살이 박여 있었다.

"강호. 30년 전, 이 땅을 유린했던 것이 무엇인가?"
"… 왜적의 조총이었습니다."

"그렇다. 조총이다." 허균의 목소리가 낮고 단단해졌다. "허나 그 조총이 본래 왜놈들의 것이었는가? 아니다! 그들 역시 무역을 통해 서양인들, 바로 포르투갈 상인들에게 그 기술을 샀다. 그들은 서양의 총을 분해하고 흉내 내어 마침내 제 것으로 만들었다. 임진왜란은 우리에게 뼈아픈 교훈을 남겼다. 기술(技術)이 낡은 명분(名分)을 압도한다는 진실 말이다."

허균은 강호와 다른 장인 출신 동지들을 둘러보았다.

"이제 우리 차례다. 율도국이 조선을 상대로 승리할 유일한 방법은 무엇인가? 숫자가 아니다. 압도적인 기술 격차다."

"너희는 조선에서 칼을 만들었다. 칼은 간단하다. 철을 녹이고, 두드리고, 날을 세운다. 그것이 칼이다. 하지만 조총은 다르다. 조총은 기계다. 정확한 계산과 정밀한 기술이 필요하다."

허균이 모래 위에 조총의 간단한 스케치를 그렸다.

"포르투갈에서 들여올 조총과 대포의 구조를 완벽하게 해부할 것을 지시한다. 왜놈들이 서양의 총을 배워 우리를 짓밟았듯, 우리는 서양의 총을 배워 스스로를 지키고 새로운 법도를 세울 것이다. 화승총(火繩銃: 화승(불을 붙인 심지)으로 화약에 불을 붙여 발사하는 초기 형태의 조총. 임진왜란 당시 왜군이 사용)의 구조, 탄약 제조의 원리, 대포의 각도 조절. 모든 것을 배우고, 우리 스스로 제조할 수 있어야 한다."

강호가 모래 위의 스케치를 검토했다. 그의 눈빛이 번뜩였다.

강호가 물었다.

"선생님, 이런 기술을 배우는 데 몇 년이 걸릴 것 같습니다."

"그렇다. 하지만 우리는 시간이 없다. 너희는 밤낮으로 배워야 한다. 왜냐하면, 조선의 관군도 같은 기술을 배우고 있기 때문이다.

우리가 멈춰 서면, 그들은 앞으로 간다."

허균이 강호의 어깨에 손을 얹었다.

"너희의 칼과 손이 이제 우리의 가장 중요한 무기가 된다. 약탈이 아니라, 건설을. 파괴가 아니라, 창조를. 이것을 잊지 마라."

과거와의 단절

모닥불은 밤새 타올랐다.

박응서는 허균의 지시를 받아적으며, 과거와 현재 사이의 간격을 느꼈다. 무륜당 시절, 그들은 칼로 정의를 구현하려고 했다. 관군에게 쫓겨 다니며, 언제 죽을지 모르는 삶을 살아왔다. 그들의 행동은 영웅적이었지만, 무의미했다. 아무리 많은 곳간을 터뜨려도, 조선의 부패는 계속되었기 때문이다.

그러나 지금, 이 무인도에서 허균이 제시하는 것은 다른 길이었다. 그것은 지루하고, 복잡하고, 인내심이 필요한 길이었다. 하지만 그것은 영속적인 변화를 가져올 수 있는 길이었다. 그것은 한 사람의 삶이 아닌, 모든 사람의 삶을 바꿀 수 있는 길이었다.

박응서는 고개를 숙였다.

"알겠습니다, 대표님. 저희는 더 이상 백성들의 밥그릇을 채우는 의적이 아닙니다. 저희는 율도국의 뼈대가 될 것입니다. 파괴자에서 건설자가 될 것입니다."

박응서의 목소리에는 과거의 분노가 사라지고, 새로운 결의가 생겼다. 그것은 더 깊고, 더 무겁고, 더 오래 갈 결의였다.

허균이 박응서를 바라봤다. 그의 눈빛은 완화되었다.

"좋다. 너희는 조선에서 가장 인정받지 못했던 자들이었다. 너희의 재능은 나라의 법도에 의해 억압받았다. 하지만 지금부터 너희의 재능이 나라의 기둥이 된다. 너희는 법도 자체가 될 것이다."

새로운 밤의 변화

그날 밤, 무인도의 숲속에서는 이상한 소리들이 났다. 칼날이 부딪치는 소리는 거의 없었다. 대신 뭔가 다른 소리들이 들렸다.

서얼들이 목재 위에 새로운 법도를 새겨 넣는 소리. 주판알을 팅기며 세금을 계산하는 소리. 도면을 펼쳐놓고 기술을 설명하는 목소리들. 그리고 가끔씩 과거의 회한과 미래의 희망이 섞인 한숨들.

새벽이 다가올 무렵, 박응서는 모래 위에 그려진 행정 지도를 바라봤다. 그것은 더 이상 감옥의 도면이 아니라, 미래의 설계도였다. 그의 손은 칼 대신 붓을 들고 있었다. 손가락에는 먹물 자국이 묻어 있었다.

심우영은 주판을 들었다 놨다를 반복하며 중얼거렸다.

"세금을 이렇게 계산하면… 노비도 양반도 똑같이 살 수 있을까? 이게 정말 가능한 일일까? 법도가 이렇게 간단할 리가…"

그러나 그의 눈빛은 이미 변해 있었다. 숫자들이 그에게 말하고 있었고, 그 숫자들은 새로운 세상의 가능성을 보여주고 있었다.

강호는 도면을 보며 손가락으로 화승총의 구조를 따라 그렸다. 그의 손은 칼을 만들던 기술로, 이제 총을 만드는 법을 배우고 있었다. 같은 손이, 다른 것을 만들고 있었다. 파괴가 아닌, 방어를 위한 기술을. 복수가 아닌, 생존을 위한 도구를.

그들의 과거는 조선의 산에서 칼을 들고 도망치는 의적이었다.
그들의 현재는 무인도의 숲에서 붓을 들고 미래를 설계하는 건설자였다.

그들의 미래는?

허균은 아직 말하지 않았다. 그러나 그의 침묵 속에는 이미 비극의 일부가 담겨 있었다. 이 건설자들이 창조할 나라가, 언제까지 버틸 수 있을 것인지. 그 질문의 답은 아직 대양의 수평선 너머에 숨겨져 있었다.

새벽 햇빛이 무인도를 밝혀올 때, 칠우는 여전히 일을 하고 있었다. 모래 위의 행정 지도는 더욱 세밀해지고 있었다. 주판 위의 숫자들은 점점 더 정확해지고 있었다. 도면 위의 조총은 더욱 선명해지고 있었다.

칼을 내려놓고, 붓을 들었다.
과거를 버리고, 미래를 지었다.

이것이 혁명이었다.

검은 깃발의 이방인(1620년 봄, 류큐 해역)

무인도에서의 비밀회의가 끝나고 며칠간의 휴식이 이어졌다. 폭풍우의 상처는 깊었지만, '파괴자'에서 '건설자'로 다시 태어난 이들의 눈빛은 밤새 칼을 가는 대신 주판과 도면을 응시하며 뜨거워져 있었다.

그렇게 며칠간의 평화가 흐른 뒤, 새벽 연기가 피어오르는 바다 위에서 거대한 그림자가 나타났다.

처음에는 섬처럼 보였다. 그것이 움직인다는 사실에 모두가 놀랐다. 돛이 여섯 개였다. 바람을 가득 머금은 돛은 그들이 평생 본 동양의 배나 조선의 판옥선과는 그 궤를 달리했다. 그것은 물 위에 떠 있는 거대한 성채와 같았다. 검은 바탕에 붉은 십자가가 그려진 기괴한 깃발이 펄럭였다.

박응서가 허균의 곁으로 나왔다. 그의 얼굴은 창백했다.

"선생님, 저것을 어떻게 합니까? 저 배 하나면 우리 함대 전체를 무너뜨릴 수 있습니다."

허균은 조용히 망원경을 들고 이방의 배를 관찰했다. 배의 구조, 즐비한 대포의 포문, 돛의 방식. 모든 것이 낯설었지만, 그가 류큐로 향하며 막연하게나마 마주칠 것이라 각오했던 '미지의 힘'이었다.

"조선의 배도, 명나라의 배도 아니다. 저것이… 서양인들의 무역선이로구나."

허균이 망원경을 내렸다. 그의 목소리에는 두려움이 아닌, 차가운 흥분이 감돌았다.

"… 저들은 장사꾼이다. 장사꾼은 용맹하고 탐욕스럽지. 그리고 무엇보다…"

허균은 자신을 바라보는 박응서의 불안한 눈을 마주 보았다.

"… 가장 현실주의적인 자들이다. 이상주의자는 예측할 수 없지만, 현실주의자는 이익을 따른다. 그리고 우리가 제시할 이익은, 매우 크다."

허균의 목소리에는 확신이 있었다. 이것은 예측한 순간이 아니었으나, 반드시 넘어야 할 관문이었다.

서양의 배는 점점 가까워졌다. 그 배에 탄 무장 선원들이 우리 함대를 노려보고 있었다. 대포의 포구들이 길쭉하게 나와 있었다. 한 발의 대포만 발사되면, 허균의 기함은 바닷속으로 가라앉을 것이었다.

모두가 무기를 들었다. 이것이 전투인가, 아니면 미지의 존재와의 첫 조우인가. 바로 그 순간, 허균은 모두의 예상을 뒤엎는, 목숨을 건 명령을 내렸다.

"기함에 백기(白旗)를 올려라."

박응서의 얼굴이 창백해졌다.

"선생님! 항복입니까?"
"항복이 아니다. 외교다."

허균이 갑판 위로 나갔다. 그의 움직임은 느렸지만 결연했다. 그는 칼을 벗어던지고, 이방의 배 쪽으로 걸어갔다. 해풍이 그의 머리칼을 휘날렸다.

"나는 직접 가겠다."

업동이 길길이 날뛰며 앞을 가로막았다.

"나으리! 저놈들 밥상에 오를 생선회가 되고 싶으십니까! 저 배에 탄 야만인들은 우리를 그냥 죽일 겁니다!"

허균은 업동의 어깨에 손을 얹었다.

"업동, 너는 내 죽음이 나라의 죽음이라고 생각하는가?"

업동은 대답할 수 없었다.

"내 목숨이 그리 값싼 생선회더냐. 나는 싸우러 가는 것이 아니라, 거래를 하러 가는 것이다. 만약 내가 그 배에서 살아 돌아온다면, 우리는 포르투갈의 대포를 얻을 것이다. 만약 돌아오지 않는다면, 박웅서가 나머지를 지킬 것이다."

박웅서가 나섰다.

"선생님, 저도 같이 가겠습니다."

허균은 고개를 저었다.

"아니다. 너는 여기에 머물러야 한다. 만약을 위해."

허균은 작은 보트 위에 올랐다. 그 보트는 두 명의 노 젓는 사람에 의해 거대한 포르투갈 배 쪽으로 옮겨졌다. 모두가 호흡을 죽였다. 이것이 역사의 전환점이 될 순간이었는지, 아니면 단순한 죽음의 순간이 될지 아무도 알 수 없었다.

총과 비단의 거래(1620년 봄, 포르투갈 함대의 갑판)

허균은 서양인 함대의 갑판 위에 발을 디뎠다. 그의 발이 나무 위에 닿는 순간, 수백 개의 눈이 그를 응시했다.

그를 맞은 자는 흉터가 가득한 얼굴, 검게 탄 피부, 철 같은 눈빛을 한 사내였다. 수앙 페레이라. 그는 이 바다의 실용주의자였고, 오직 이익과 힘만을 믿었다.

페레이라가 경멸이 가득한 웃음을 터뜨렸다. 그는 포르투갈어로

제 부하들에게 무어라 외쳤고, 갑판은 야만적인 웃음소리로 가득 찼다.

"어디서 굴러먹던 해적 놈들이 이제 우리 함대에 항복하러 왔는가!"

페레이라가 거친 명나라 말(漢語)로 소리쳤다. 동아시아 무역상들이 쓰는 조악한 공용어였다.

허균은 웃지 않았다. 그의 눈은 명확했다.

바로 그때, 페레이라의 곁에 섰던 비단옷 차림의 명나라 출신 서기(書記)가 한 걸음 나섰다. 그는 페레이라와 달리 학자의 기풍이 있는 자였다. 그가 훨씬 유창한 한어(漢語)로 물었다.

"내 주군께서 묻는다. 그대는 누구이며, 백기(白旗)를 든 연유가 무엇인가? 목숨을 구걸하러 왔다면 늦었다."

허균은 그제야 입을 열었다. 그의 목소리는 통역을 맡은 명나라 서기의 것보다 훨씬 기품 있고 단단한, 완벽한 사대부의 한어(漢語)였다.

"나는 항복하러 온 것이 아니오. 거래를 하러 왔소."

갑판의 공기가 순간 변했다. 페레이라의 부하들은 말을 알아듣지 못했지만, 이 남루한 차림의 해적 두목이 구사하는 언어의 격(格)이 자신들의 통역관보다 높다는 것을 직감할 수 있었다.

명나라 서기의 얼굴이 놀라움으로 굳어졌다. 그는 페레이라에게 포르투갈어로 무언가를 급히 속삭였다. "선장님, 이 자는… 보통내기가 아닙니다. 명나라 언어가 완벽합니다."

페레이라는 흥미롭다는 듯, 턱을 쓰다듬으며 통역관에게 고갯짓했다.

"거래? 네놈의 저 장난감 같은 배들로 무엇을 거래하겠다는 것이냐?"

"그대들이 이 바다에서 가장 원하는 것. 그리고 그대들이 가장 두려워하는 것을 피할 방법이오."

페레이라가 눈썹을 치켜올렸다. 통역관이 조심스럽게 물었다.

"그대는… 정체가 무엇인가?"

허균은 페레이라를 똑바로 바라보며, 통역관에게 또렷하게 말했다.

"나는 조선의 교산(蛟山) 허균(許筠)이오."

그 이름을 듣는 순간, 명나라 서기의 얼굴이 하얗게 질렸다. 그는 숨을 삼키며 뒷걸음질 쳤다.

"허… 허균? 소선에서…!"

페레이라가 짜증 섞인 목소리로 통역관에게 물었다. "무슨 일인가! 그 이름이 뭐기에?"

통역관은 흥분을 감추지 못하고 페레이라에게 외쳤다.

"선장님! 이 자는 해적이 아닙니다! 이 자, 교산 허균은 조선에서 당대 최고의 문장가였습니다! 그의 시와 글은 북경(北京)에서도 모르는 이가 없을 정도였습니다. 그런데 그는… 그는 역모죄로! 작년에 이미 처형당한 사람입니다!"

이제 갑판을 지배하는 것은 경멸이 아닌, 경계심이었다. 페레이라의 철 같던 눈빛이 흔들렸다. 그는 칼자루를 쥔 채, 자신이 상대하는 것이 인간인지 망령인지 가늠하려는 듯 허균을 집요하게 관찰했다.

명나라 서기가 떨리는 목소리로 허균을 향해 외쳤다.

"죽은 자가 어찌 말하는가! 그대는 역적 허균을 사칭하는 사기꾼이거나, 아니면 유령이거나! 어느 쪽이든 내 주군을 기만하고 있소!"

"나는 둘 다요."

허균이 차분하게 대답했다. 그의 목소리는 텅 빈 갑판을 울렸다.

"조선의 법도 아래 살던 '양반 허균'은 분명히 죽었소. 그는 죽어야만 했소. 낡은 명분(名分)과 사조의 족쇄에 묶인 그 나라에서는 내가 꿈꾸는 그 어떤 실리도 이룰 수 없었기 때문이오."

그는 페레이라를 정면으로 응시했다. 통역관은 자신도 모르게 허균의 말을 통역하고 있었다.

"나는 그 낡은 세상을 버렸고, 그 대가로 유령이 되었소. 이제 나는 오직 바다 위에 새로운 나라, 율도국(律途國)을 세우는 일에만 목숨을 걸었소."

"율도국…?" 페레이라가 처음으로 직접 되물었다.

"그렇소. 당신들은 일본 사쓰마(薩摩: 일본의 사쓰마번(藩). 1609년 류큐를 침략하여 실질적으로 지배하던 세력)의 오만함과 명나라 조정의 변덕에 시달리며 이 바다를 표류하고 있소. 그들은 '명분'과 '체면' 때문에 당신들의 이익을 갉아먹고 있지. 아니오?"

페레이라의 얼굴이 굳어졌다. 허균의 말은 정확하게 그의 약점을 찌르고 있었다.

"하지만 내가 세우는 나라는 다르오. 그곳엔 오직 하나의 법도만 존재하오. 바로 당신과 내가 가장 잘 아는 언어…"

허균이 일시 멈추었다.

"… 이익(利益)의 언어 말이오."

그 말에, 페레이라의 굳었던 얼굴이 마침내 풀렸다. 그는 경멸도, 공포도 아닌, 자신과 같은 부류를 만난 자의 순수한 흥미가 담긴 미소를 지었다.

"계속해 보게, 유령 왕이여."

"나는 그대에게 새로운 길을 주겠소. 사쓰마도, 명나라 조정도 건드릴 수 없는 자유로운 무역항. 해적의 위협이 없는 안전한 바다. 그곳이 바로 율도국이오. 내가 조선의 역적이 되어 '죽어야' 했던 이유는, 바로 당신들에게 이 새로운 거점을 제공하기 위함이었소."

페레이라의 머릿속에서 주판알이 빠르게 튕겨졌다. 이 동양의 선비가 제시한 '새로운 무역항'은, 절실한 돌파구였다.

유령왕의 담판

페레이라는 마지막으로 그를 시험했다. 그는 칼을 뽑아 허균의 턱밑에 겨누었다. 날카로운 강철 칼날이 허균의 피부에 닿을 듯 말 듯 서늘한 기운을 뿜어냈다.

"너는 내 대포를 두려워하는가?"

허균은 칼날을 응시하며 솔직하게 답했다. 그의 눈동자는 칼날의 빛을 반사했지만, 흔들리지 않았다.

"두렵소. 충분히 두렵소. 당신은 이 바다에서 가장 강한 자요."

"그렇다면 왜 항복하지 않는가?"

"왜냐하면…." 허균이 미소 지었다. "나는 당신이 필요하고, 동시에 당신도 나를 필요하기 때문이오. 당신의 대포는 강하지만, 새로운 무역로를 만들 수는 없소. 하지만 나는 할 수 있소."

페레이라는 잠시 침묵했다. 그는 이 '유령 왕'의 눈 속에서 자신과 같은 종류의 광기, 즉 모든 것을 걸고 판을 뒤집으려는 자의 냉철한 의지를 보았다.

마침내, 그는 칼을 집어넣으며 크게 웃음을 터뜨렸다.

"좋다! 이방의 왕이여! 명(明)이나 일본의 귀족 놈들은 절대 이런 말을 하지 못하지. 그들은 모두 썩어빠진 자존심 때문에 죽음 앞에서도 이익을 보지 못한다."

페레이라의 얼굴에 처음으로 경멸이 아닌, 존경과 경계가 섞인 웃음이 떠올랐다.

"나는 자존심을 버렸소." 허균이 답했다. "나는 오직 생존과 창조만을 볼 것이오."

페레이라는 만족스럽게 고개를 끄덕였다. 그는 이 '유령 왕'을 다시 보았다. 이 자는 단순한 망명객이 아니었다. 그는 거래의 본질을 아는 자였다.

"좋다. 그대의 '생존'을 돕는 것이 나의 '이익'이 될 수 있겠지."

그는 마침내 몸을 돌렸다. "따라오시오. 보여줄 것이 있다."

페레이라는 허균을 갑판 아래, 함대의 심장부인 무기고로 이끌었다. 그곳에는 포르투갈 대포의 견본들이 있었다. 화승총, 대포, 탄약. 모든 것이 나열되어 있었다. 어둡고 서늘한 선실 안에는 화약 냄새와 강철 냄새가 진동했다.

"이것들을 원하는가?"

페레이라가 물었다. 그의 목소리는 다시 냉정한 상인의 목소리로 돌아와 있었다. "좋은 값에 넘겨줄 수 있소. 그대가 말한 '율도국'의 방위를 위해."

"아니요!"

허균은 흔들리지 않고 거대한 강철 대포를 가리켰다.

"이것들을 '사는' 것을 원하는 것이 아니오…. 이것을 만드는 법을 배우길 청하오."

페레이라의 웃음기가 사라졌다. 그는 통역을 맡은 명나라 서기를 쳐다보았고, 서기가 겁에 질린 얼굴로 다시 한번 그 뜻을 확인했다. 페레이라는 통쾌하게 웃는 대신 허균을 노려보았다.

"담대하다 못해 미쳤군."

페레이라가 포르투갈어로 읊조렸다. 그는 다시 명나라 말로 바꾸었다.

"그대는 지금 내 심장을 달라는 것이다. 우리 포르투갈이 이 바다를 지배하는 힘의 근원을. 그것을 거저 달라고?"

"거저가 아니오."

허균이 침착하게 대답했다.

"나는 '고객(顧客)'이 되겠다고 한 적 없소. '동맹(同盟)'이 되겠다고 했지. 물고기를 사 가는 동맹은 굶주리면 배신하지만, 물고기를 잡는 법을 아는 동맹은 함께 바다를 지배하오. 사쓰마가 진정 두려워할 것은 포르투갈의 대포가 아니라, 포르투갈의 대포를 쏘는 율도국이오."

페레이라는 다시 한번 침묵했다. 그는 허균의 눈을 들여다보았다. 그 눈에는 탐욕이 아니라, 자신이 잃어버린 종류의 광기가 있었다. '생존과 창조'라는 말이 그의 뇌리를 다시 스쳤다.

이 '유령 왕'은 불과 1년 안에 자신을 뛰어넘는 괴물이 될 수도, 아니면 사쓰마의 칼에 가장 먼저 쓰러질 수도 있었다. 어느 쪽이든, 역사상 가장 거대한 도박이었다.

"하…."

페레이라가 긴 숨을 내뱉고는, 마침내 통쾌하게 웃었다.

"좋다! 이 동양 선비는 정말 담대하군! 그대의 배포에 내 전 재산을 걸어보지!"

담판의 주도권이 완전히 허균에게 넘어온 순간이었다. 그들은 다시 갑판 위, 기함의 선실로 돌아왔다. 오후 햇빛이 그들을 밝히고 있었다.

허균과 페레이라는 테이블 위에 놓인 지도를 바라보고 있었다. 그것은 동아시아 전체의 해상 무역로를 보여주는 도면이었다. 마카오, 나가사키, 류큐, 통킹만.

이제 기술 이전을 약속받은 허균은, '동맹'으로서의 구체적인 요구를 제시했다.

"첫째, 우리에게 당장 방어에 필요한 그대들의 조총(鳥銃)과 작은 대포 스무 문을 주시오. 둘째, 우리의 배를 대양 항해에 맞게 개량하는 선박 장인을 보내 주시오. 마지막으로, 우리가 목적지에 닿을 때까지 우리의 함대를 호위해 주시오."

페레이라는 이미 마음을 정했지만, 상인으로서 마지막 확인을 했다.

"허! 내가 무엇을 믿고 그런 엄청난 투자를 한단 말인가? 네놈이 말하는 그 '율도국'이라는 것이 정말 존재하는 나라인가, 아니면 바다 위의 환상인가?"

"나의 약속을 믿으시오."

허균의 목소리는 침착했다.

"율도국은 류큐와 사쓰마의 압박에서 완전히 벗어난, 독점적인 중계 무역항이 될 것이오. 그대들은 지금 류큐를 점령하고 있는 사쓰마의 폭력적 팽창을 견제할 새로운 방패가 절실할 터. 우리가 세운 율도국은 그들의 목줄을 잡는 덫이 될 것이며, 그 이익은 오늘 그대가 나에게 베푸는 것의 천배, 만 배가 될 것임을 내 왕의 이름으로 약속하오."

허균의 말에는 확신이 있었다. 페레이라는 허균을 오랫동안 바라봤다.

"너는 정말 왕인가? 아니면 사기꾼인가?"

페레이라가 물었다.

"왕과 사기꾼의 차이가 무엇인지 아오? 왕은 백성에게 약속하고, 사기꾼은 말을 속인다. 나는 당신에게 약속하오. 그리고 나는 그 약속을 지킬 수 있는 유일한 사람이오. 왜냐하면 나는 내 자신을 이미 이 대양에 내던졌기 때문이오."

페레이라는 결국 그의 제안을 완전히 받아들였다. 이 동양의 선비가 가진 야망과, 그가 조선 왕실의 비밀 자금을 동원할 수 있다는 사실(이미 통역관을 통해 파악한), 그리고 사쓰마의 위협에 대한 명확한 통찰력이 그의 도박 심리를 자극했다.

"좋다. 이방의 왕이여. 허나 명심하라. 만약 네놈의 약속이 거짓으로 드러나는 날, 내 대포가 네놈의 그 '율도국'이라는 것을 바닷속으로 처박아 버릴 것이다."

약속했던 기술의 이전은 즉시 시작되었다. 페레이라는 갑판 위로 올라가 뱃사람 하나를 불렀다.

"이 자가 안토니오요. 우리 함대의 대포장(大砲匠)이지. 죽은 사람도 다시 쏘게 만드는 놈이야."

허균이 신호를 보내자, 강호가 포르투갈 함대로 건너왔다. 안토니오는 강호를 물끄러미 바라봤다.

"우리의 최고 대장장이오."

허균이 소개했다.

강호는 안토니오 앞에 절을 했다. 그것은 포르투갈의 경례도 아니고, 조선의 절도 아닌, 순수한 장인에서 장인으로의 존경이었다.

안토니오는 고개를 끄덕였다.

"좋소. 그렇다면 우리는 서로 이해할 수 있을 것이다. 도면과 손과 머리만 있으면 충분하다."

안토니오는 포르투갈식 조총의 가장 핵심적인 부분인 화승총의 격발 장치를 강호의 손에 쥐어주었다.

"이것이 아르케부스(arquebus: 16세기 유럽에서 사용된 화승총의 일종)의 핵심이다. 이 부분이 어떻게 작동하는가를 이해하면, 그대는 우리의 모든 기술을 재현할 수 있을 것이다."

강호는 그 부품을 만져보았다. 찬 강철의 감촉. 그 안에는 복잡한 기계 원리가 숨어있었다. 톱니, 격발 바퀴 등.

"얼마나 정밀해야 합니까?"

강호가 물었다.

"천 분의 일 자 크기의 정밀함이 필요하다."

안토니오는 강호에게 조총 전체의 도면을 펼쳐 보여주었다.

"포르투갈에서 이것을 배우는 데는 3년이 걸린다. 그대는 얼마나 오래 배우려고 하는가?"

강호는 대답 대신 그 도면을 바라봤다. 그의 눈에는 불이 켜졌다.

"얼마든지 오래도 좋습니다."

허균과 페레이라는 두 장인의 모습을 잠시 지켜보다가, 다시 갑판 위로 올라와 함께 일몰을 바라보고 있었다. 태양은 대양을 불태우며 떨어지고 있었다.

"네놈의 나라가 정말 존재할까?"

페레이라가 중얼거렸다.

"당신의 대포만큼 확실하오."

허균이 웃음을 터뜨렸다.
"내 대포는 적어도 바다를 건넜다는 증거가 있다."

"그렇소. 하지만 나의 나라도 마찬가지요. 그것은 이미 사람들의 마음속에 건너왔소."

허균이 손가락으로 바다를 가리켰다.

"저 수평선 넘어, 우리가 아직 닿지 않은 곳에 율도국이 있소. 그것은 아직 지도에 없지만, 그것은 존재한다오."

페레이라는 조용히 허균을 바라봤다.

"네놈은 훌륭한 시인이었던 것 같다."

"나는 시인이오. 하지만 가장 중요한 시는 아직 쓰이지 않았다오. 그것은 이 대양과 저 섬의 위에 쓰여질 것이오."

두 이방의 왕이 나눈 거대한 악수의 증표는 다음 날이 되어서야 율도국의 함대로 옮겨졌다. 허균은 포르투갈 배에서 조선 배로 돌아왔다.

그와 함께 온 것은:

첫째, 스무 문의 조총과 다섯 개의 소형 대포.
둘째, 포르투갈의 선박 기술자 마르쿠스와 그의 도제(徒弟: 스승에게 기술이나 학문을 배우는 사람)들.

셋째, 율도국에 머물며 강호를 가르칠 대포장 안토니오와 그에게 전수될 기술의 모든 도면.

넷째, 페레이라의 서명이 있는 계약서 '율도국 왕 허균과의 독점 무역 협정'.

박응서는 여전히 믿을 수 없다는 표정으로 허균을 바라봤다.

"선생님, 이것이 정말 가능한 일입니까?"

허균은 조총을 들었다. 그것은 무인도의 밤에 모래 위에 그렸던 추상적인 도형이 이제 현실이 되어 그의 손안에 있는 것이었다.

"우리가 이룬 모든 것은, 이 순간을 위한 준비였다."

허균이 조총을 들어 올렸다.

"칠우는 정보를 수집했고, 심우영은 행정을 배웠으며, 강호는 대포를 만드는 법을 배울 것이다. 우리는 이제 진정한 의미에서 국가가 될 준비가 되었다."

두 함대(포르투갈 카락과 조선 배들)가 나란히 바다 위를 나아가기 시작했다. 검은 깃발과 하얀 깃발이 같은 바람에 펄럭였다.

동쪽의 야망과 서쪽의 기술이, 망망대해 위에서 위태로운 악수를 나누었다.

그리고 새로운 시대가 시작되었다.

류큐, 신녀의 땅(1621년)

페레이라와의 위험한 거래를 마친 허균의 함대는 남쪽으로 기수를 돌렸다. 목표는 류큐(琉球). 포르투갈의 항해술과 무기를 얻었으나, 그것은 여전히 뿌리 없는 군사력이었다. 율도국이라는 '법도(律途)'를 실현할 땅, 이 모든 기술과 자본을 정착시킬 중립적인 근거지가 절실했다.

류큐는 동아시아 해상 무역의 심장이었으나, 그 심장은 지금 두 개의 칼날 사이에 놓여 있었다. 하나는 쇠락해 가는 명(明)나라가 요구하는 '조공'이라는 낡은 명분이었고, 다른 하나는 1609년 왕국을 침략한 일본 사쓰마번이 꽂아둔 '지배'라는 차가운 현실이었다.

나하(那覇: 류큐(오키나와)의 주요 항구) 항구에 상인으로 위장해 내린 허균은 그 이중의 굴레를 직접 목격했다. 류큐의 관료들은 명나라 사신 앞에서는 머리를 조아렸지만, 성안을 활보하는 사쓰마의 무사들 앞에서는 숨조차 크게 쉬지 못했다.

박응서가 낮은 목소리로 보고했다. "대표님. 슈리성(首里城: 류큐 왕국의 왕궁)의 국왕은 허수아비입니다. 모든 실권은 사쓰마에서 파견된 재번봉행(在番奉行: 일본 사쓰마번이 류큐에 파견하여 실권을 행사하던 감독관)이 쥐고 있습니다. 저들을 무력으로 밀어내는 것은, 지금의 우리로서는 불가능합니다."

"알고 있다." 허균의 눈은 왕궁이 아닌, 섬의 더 깊은 곳을 향해 있었다. "눈에 보이는 칼은 피해야지. 하지만 저들의 목을 조르는 보이지 않는 손이 또 하나 있다. 우리는 그 손을 잡아야 한다."

허균은 무력으로 이 땅을 차지하는 대신, 이중의 굴레에 갇힌 류큐 왕실의 정신적 구심점을 공략하기로 했다. 그의 목표는 류큐의 최고 신녀(神女), 키코에오오키미(聞得大君: 류큐 왕국의 최고 신녀(神女))였다. 류큐의 신앙 체계에서 그녀는 왕의 권위보다 깊이 민심을 움직이는 종교적 권위를 지니고 있었다. 왕이 현실의 지배자라면, 신녀는 류큐의 영혼 그 자체였다.

"박응서. 자네의 활빈당 동지들을 움직일 때가 되었다." 허균이 명했다. "슈리성으로 가지 마라. 사쓰마의 눈을 피해, 이 섬의 가장 오래된 사원과 굿판이 벌어지는 곳으로 스며들어라. 사쓰마의 칼을 증오하는 자, 명나라의 허울뿐인 명분을 경멸하는 자를 찾아라. 왕이 잃어버린 류큐의 진짜 목소리를 찾아내야 한다."

며칠간의 숨 막히는 탐색이 이어졌다. 활빈당 출신들은 류큐의 저잣거리와 어두운 뒷골목을 누볐다. 그들은 마침내 왕실 내 반일(反日) 정서를 가진 하급 무녀(巫女) 세력과 비밀리에 접촉하는 데 성공했다.

허균은 신녀에게 바칠 공물을 준비했다. 그것은 금은보화가 아니었다. 그는 자신이 조선에서 왜 '죽어야' 했는지를 증명할 두루마리 하나와 난설헌이 직접 쓴 시 한 편을 보냈다.

두루마리에는 율도국 헌장의 핵심, 즉 '신분이 아닌 능력에 따른 평등'이라는 혁명적 사상과 사쓰마의 군사적 팽창이 결국 류큐의 숨통을 끊을 것이라는 냉철한 분석이 담겨 있었다. 난설헌의 시에는 억압받는 자의 슬픔과 새로운 세상을 향한 갈망이 담겨 있었다. 그것은 정치적 제안이자, 영혼을 향한 호소였다.

며칠 밤낮의 기다림과 은밀한 조율 끝에 마침내 허락이 떨어졌다.

그것은 슈리성의 공식 통로가 아닌 섬 깊숙한 곳, 류큐의 가장 신성한 공간인 세화 어전(御殿)이었다. 사쓰마의 감시를 피해 목숨을 걸고 가야 하는 밤의 밀회였다.

허균은 홀로 약속된 장소로 향했다. 안개 낀 숲을 지나자, 거대한 바위와 고목으로 둘러싸인 신성한 공간이 나타났다. 전각 안은 짙은 향내와 인간의 것이 아닌 듯한 고요한 위엄으로 가득 차 있었다.

그를 맞은 키코에오오키미는 백옥 같은 얼굴에 검은 옷을 입은 여인이었다. 그녀의 눈은 칠흑같이 깊어, 사람의 속을 들여다보는 듯했다. 그녀는 왕좌가 아닌, 이 땅의 정기가 모이는 바위 위에 앉아 있었다.

"그대는 누구인데, 감히 신성한 이곳의 문턱을 넘었는가."

신녀의 목소리는 파도처럼 낮았지만, 그 안에 담긴 종교적 권위는 허균을 압도하려 들었다.

"나는 길을 잃은 나그네이자, 새로운 길을 열고자 하는 자요. 신녀시여. 나는 당신의 나라가 겪고 있는 고통을 알고 있소."

"고통이라." 신녀가 나직이 읊조렸다. "이 섬에 발을 디딘 이방인들은 모두 고통을 말했소. 명나라 사신은 조공의 의무를 잊은 고통이라 했고, 사쓰마의 무사는 감히 저항하려는 고통이라 했지. 그대의 고통은 무엇이 다른가. 그대의 배에는 서양 오랑캐의 대포가 실려 있던데."

그것은 허균의 정체를 꿰뚫는 시험이었다. 허균은 무릎을 꿇는 대신, 당당히 서서 그녀의 눈을 마주했다.

"나는 이 땅을 탐하러 온 정복자가 아닙니다. 나는 조선에서 '죽은' 유령이오. 나의 조국은 낡은 명분과 핏줄이라는 굴레에 갇혀 스스로 파멸의 길을 걷고 있소. 나는 그 굴레를 부수려다 역적이 되었소."

허균은 자신의 군사력, 포르투갈과의 동맹, 그리고 조선의 구조적 모순을 해결한 새로운 법도(율도 헌장)를 털어놓았다.

"신녀시여, 류큐는 지금 두 개의 감옥에 갇혀 있소. 사쓰마의 압박과 명나라의 구차한 명분 의존. 이 두 감옥 사이에서 그대들의 영혼은 찢어지고 있소."

"그렇다면 그대는 세 번째 감옥을 가져왔는가?"

"아니오. 나는 바람이 되고자 합니다. 당신들의 잃어버린 날개를 되찾아 줄 바람 말이오."

허균이 마침내 자신의 제안을 꺼냈다.

"우리가 세울 율도국은 류큐를 넘보는 그 어떤 세력도 막아내는 가장 강력한 방패가 될 것이오. 우리에게 사쓰마의 위협이 닿지 않는 작은 땅 한 조각을 주시오. 그 대가로 우리는 사쓰마의 족쇄를 끊을 칼을 제공할 것이오. 율도국은 류큐를 속국으로 삼지 않을 것이오. 우리는 같은 억압을 겪은 형제의 나라로 남을 것이오."

신녀는 오랫동안 말이 없었다. 이 이방인의 손을 잡는 것은 신국(神國)의 운명을 건 도박이었다.

그녀는 허균의 눈빛 속에서 단순한 상인의 이익이나 정복자의 야망이 아닌, 근본적인 질서를 거부하는 자의 순수한 분노를 읽어냈다. 그것은 그녀의 백성들이 사쓰마에게 당하는 치욕과 압제를 끝낼 유일한 희망일지도 몰랐다.

"그대의 분노는… 진실해 보이는군."

마침내 그녀가 일어나 허균에게 다가왔다. 그녀는 허균에게 작은 향주머니 하나를 건넸다.

"이것은 류큐의 흙이다. 이 흙을 가지고 있으면, 나의 사람들, 이 땅의 진정한 주인들이 그대를 도울 것이다. 허나 명심하라. 유령이여. 만약 그대의 약속이 거짓이라면, 그대의 '새로운 법도'가 또 다른 억압의 굴레가 된다면,"

신녀의 눈이 칠흑처럼 빛났다.

"이 흙은 불이 되어 그대의 나라를 태울 것이며, 이 땅의 모든 신(神)들이 그대를 저주할 것이다."

허균은 향주머니를 받아서 들었다. 그것은 흙의 무게가 아니었다.

한 나라의 영혼이 담긴 무게였다.

"저주 또한… 기꺼이 감당하겠소."

그것은 류큐의 영혼과 맺은 비밀스러운 동맹이었다. 왕의 권위가 아닌, 신의 권위를 등에 업은 허균은 이제 류큐라는 거대한 장기판의 가장 강력한 말이 되었다.

뱀의 머리가 될 것인가, 용의 꼬리가 될 것인가(1621년)

신녀의 향주머니는 보이지 않는 옥새(玉璽)였다. 허균은 이제 류큐의 정신적 권위를 등에 업었으나, 그 '신(神)의 옥새'만으로는 아직 슈리성을 옥죄고 있는 사쓰마의 노골적인 탐욕과 칼날을 직접 상대할 수 없었다. 그는 '영혼'을 얻었으므로, 이제 '현실'을 쥘 차례였다.

그 현실은 곧바로 그의 멱살을 잡으러 왔다.

사쓰마의 재번봉행, 야마다 겐조(山田源蔵)는 허균의 함대가 싣고 온 물자에까지 탐욕의 손을 뻗치며 '보호세'를 요구했다. 그는 류큐 국왕이 허균이라는 이방인과 조차(租借: 남의 땅이나 건물을 빌려서 사용함)를 논의한다는 소문을 이미 접한 상태였다.

"네놈이 가진 물자의 절반을 바쳐라. 그리하면 이 류큐 땅에 머무는 것을 눈감아 주겠다. 네놈의 배가 서양 오랑캐의 기술로 개조된 것을 알고 있다. 그 기술도 내놓아라."

야마다의 오만함에 업동은 길길이 날뛰었으나, 허균은 조용히 미소 지었다. 뱀이 스스로 굴 밖으로 머리를 내밀었구나. 허균은 야마다의 탐욕이 곧 사쓰마의 약점임을 알고 있었다. 그들은 명분(名分)이 아닌 실리(實利)로 움직이는 자들, 즉 계산이 가능한 자들이었다.

이제 그 뱀의 굴에 '천둥'을 직접 들려줄 때였다.

허균은 포르투갈에서 얻은 조총으로 무장한 정예 병력 스무 명을 대동하고 슈리성으로 향했다. 그들은 갑옷이 아닌, 검고 단출한 무복(武服: 무관이나 군인이 입는 옷)을 입어 기동력을 높였다. 그들의 등장은 류큐의 관료들과 사쓰마의 무사들 모두에게 충격이었다.

야마다 겐조는 슈리성 안의 집무실, 마루에 앉아 거만하게 그를 맞았다. 그의 뒤로는 칼자루에 손을 얹은 사쓰마 무사들이 흉흉한 기세로 도열해 있었다. 방 안에는 류큐의 국왕 대리인 몇몇이 사시나무 떨듯 앉아 있었다.

"내 요구에 대한 답은 가져왔는가?" 야마다가 칼을 만지작거리며 물었다.

"나는 그대의 요구에 답하러 온 것이 아니다. 그대에게 선택지를 주러 왔다."

허균의 목소리는 야마다를 깔아뭉갰다. 그는 야마다의 눈을 정면으로 응시하며 방 한가운데로 걸어 들어갔다.

"그대는 이 땅의 주인이 아니다. 그저 주인의 창고를 지키는 개에 불과하지."

"뭣이라!"

"나는 그대에게 묻고 싶다. 계속 개로 살 것인가, 아니면 사람답게 고향으로 돌아가겠는가?"

허균은 한발 더 다가섰다.

"그대는 이 섬에서 나오는 이익의 몇 할이나 본국으로 보내고, 몇 할을 그대의 뱃속에 채우는가? 그대의 주군, 시마즈(島津) 가문은 막대한 군비를 류큐에서 빨아들이고 있다. 하지만 우리가 이 무역로를 장악하면, 당신의 주군은 당신을 가장 먼저 의심할 것이다. '야마다 저놈이 이방인들과 짜고 내 이익을 빼돌리는 것은 아닌가?' 하고 말이다."

이것은 야마다의 가장 아픈 곳을 찌른 심리전이었다.

야마다는 분노로 칼을 뽑아 들었다. "네 이놈!" 그의 뒤에 선 무사들이 일제히 칼을 뽑아 들었다. 순간 마당의 공기가 얼어붙었다. 류큐의 관료들은 비명을 삼켰다.

그러나 허균의 병사들은 눈 하나 깜짝하지 않았다. 그들은 기계처럼 움직였다.

'철컥.'

일사불란하게 포르투갈 조총을 들어 야마다의 무사들을 겨누었다. 스무 개의 검은 총구가, 죽음의 눈처럼 그들을 응시했다. 사쓰마의 무사들은 난생처음 보는 신형 조총 앞에서 순간 얼어붙었다. 그들의 빛나는 칼날은 저 검은 총구 앞에서는 무력했다. 그들의 칼은 천둥을 이길 수 없었다.

"이것이 나의 답이다."

허균이 조용히 말했다.

"나는 이 땅을 피로 물들이고 싶지 않다. 허나, 나의 길을 막는 자는 누구든 벨 것이다. 그대들은 날카로운 칼을 가졌으나, 나의 병사들은 천둥을 손에 쥐고 있다. 시험해 보겠는가?"

야마다는 이를 갈았지만, 감히 먼저 베라고 명령하지 못했다. 저 총구가 불을 뿜는 순간, 자신을 포함한 이곳의 무사들은 전멸할 터였다. 그는 이 도박에서 이길 수 없음을 직감했다.

"… 물러가라."

야마다 겐조는 극도의 치욕을 감수하며 칼을 집어넣었다.

하지만 야마다는 패배를 시인하지 않았다. 그날 밤, 그는 사쓰마 본국에 긴급 보고를 올렸다. '조선의 유령 허균이 포르투갈의 함대와 신형 조총을 이끌고 나타났으며, 류큐의 민심(신녀)을 등에 업고 무역 이권을 요구하고 있다'는 내용이었다.

사쓰마번은 분노했다. 그러나 허균의 함대 뒤에 버티고 선 '검은 깃발'의 포르투갈 세력을 정면으로 상대하기를 꺼렸다. 그들은 이미 포르투갈과의 무역으로 막대한 이익을 얻고 있었기에, 이 관계를 깨고 싶지 않았다.

바로 그때, 허균의 두 번째 수가 펼쳐졌다.

그가 신녀에게 보낸 밀사가 움직였다. 류큐 왕실 내부에서 신녀와 반일(反日) 세력의 영향력이 커지기 시작했다. "이방의 군대가 신성한 슈리성을 위협한 것은 모두 사쓰마의 탐욕이 신(神)의 노여움을 샀기 때문"이라는 신탁(神託: 신의 뜻을 받아 사람에게 전달하는 예언)이 퍼져나갔다. 류큐의 백성들이 사쓰마의 무사들을 피하기 시작했고, 상인들은 거래를 거부했다. 야마다 겐조는 순식간에 고립되었다.

사쓰마는 선택의 기로에 섰다. 류큐 전체의 민심을 적으로 돌리고 포르투갈과의 무역까지 파탄 내면서 이 '유령 군대'와 전면전을 벌일 것인가, 아니면 한발 물러서서 실리를 챙길 것인가.

결국, 사쓰마는 마지못해 류큐 왕실이 제시한 중재안을 받아들여야 했다. 그 중재안은 허균이 신녀 측에 미리 전달한 것이었다.

며칠 뒤, 류큐 국왕은 허균에게 왕국의 남쪽 끝, 거칠고 작은 섬 하나를 조차한다는 공식 교지를 내렸다. 그곳은 태풍의 길목에 있어 농사도 어렵고 항구로도 쓸모없어 버려진 땅이었다. 사쓰마는 허균을 수도에서 멀리 격리시키는 이 안을 받아들였다. 그 섬의 이름은 율도국(律途國)으로 불리게 될 것이었다.

야마다 겐조는 물러났으나, 사쓰마의 증오심은 그 섬에 새겨지는 낙인과 같았다. 뱀은 마침내 자신의 둥지를 틀 땅을 얻었다.

이제 남은 것은 그 둥지에서 용으로 승천하는 일뿐이었다.

밤이 깊어져 갈 무렵, 허균은 함대의 기함 위에 서서 그 섬을 바라봤다. 거칠고 작은 땅, 아무도 탐내지 않던 그 섬. 그것이 이제 율도국의 탯줄이자 새로운 국가의 기초가 될 것이었다.

박응서가 허균의 곁으로 나왔다.

"선생님, 우리가 얻은 땅이 고작 이것뿐입니까? 사쓰마의 압박 아래서 겨우 이 바위섬 하나란 말입니까?"

"그렇다. 이것이 우리가 얻을 수 있는 최선이다." 허균의 목소리는 담담했다.

"하지만 이 땅만으로는 역부족입니다."

박응서의 목소리에는 불안이 담겨 있었다. 포르투갈의 거대한 함대, 신녀의 축복, 조총과 대포. 이 모든 것들이 이 작은 섬 위에 펼쳐질 것인가?

"지금은 그렇다." 허균이 그 작은 섬을 가리켰.

"너는 조선을 떠나며 무엇을 계획했는가?"

박응서는 대답할 수 없었다. 당시는 하루하루 생존이 전부였다.

"무인도에서 너희에게 무엇을 가르쳤는가? 칼질이 아니라, 주판을 들 손을 준비시켰다. 세금을 걷는 법을 배웠고, 사람을 어떻게 다룰지를 배웠다. 강호는 도면을 보며 무엇을 배웠는가? 총을 만드는 방법이 아니라, 정밀함이 모든 것을 결정한다는 깨달음이다."

허균이 박응서를 직시했다.

"사쓰마는 우리를 이 섬에 가두었다고 생각할 것이다. 귀찮은 파리를 태풍이 부는 감옥에 격리시켰다고 안도하겠지. 하지만 그들은 틀렸다. 이 땅은 감옥이 아니라, 우리의 실험실이다. 이 땅에서 우리는 그것을 시험한다. 너희가 무인도에서 배운 것들이 정말 작동하는지, 현실에서 통하는지를 확인할 것이다."

"그것만으로 충분합니까?" 박응서는 여전히 의심했다.

"충분하지 않다. 하지만 필요충분조건이다." 허균이 바다를 가리켰다. "포르투갈은 이미 우리의 등 뒤에 있다. 신녀는 이 섬의 백성들을 우리에게 줄 것이다. 사쓰마는 우리가 빼앗길 큰 것을 가지지 않았기에 우리를 완전히 파괴할 이유가 없다. 그렇다면 남은 것은 하나다. 이 땅 위에서 우리가 할 수 있는 것의 한계를 시험하는 것이다."

박응서는 그 섬을 다시 바라봤다. 거칠고 작은 그 땅이 갑자기 의미 있게 보였다. 그것은 이제 단순한 땅이 아니라, 새로운 체계를 실험하는 전장(戰場)이 되어 있었다.

"우리의 법도가 조선의 신분제보다 더 많은 금을 거둘 수 있는가. 우리의 조직이 사쓰마의 위압에서도 백성들을 지킬 수 있는가. 우리의 기술이 정말 힘이 되는가."

허균의 목소리는 예언이 아니라 과학자의 질문이었다.

"모두 물어봐야 할 것들이다. 만약 이 섬에서 우리가 성공하면, 이 바위섬은 뱀의 머리가 아니라 용의 여의주가 될 것이다. 만약 실패하면…."

허균은 말을 잇지 않았다. 박응서는 그의 침묵을 이해했다. 실패하면 이 섬 자체가 무덤이 될 것이었다.

뱀은 아직 용이 되지 않았다. 뱀은 이제 첫 번째 허물을 벗을, 준비를 하고 있을 뿐이었다.

율도, 첫 깃발을 올리다 (1621년, 건국 1년)

류큐 국왕이 허균에게 조차를 허락한 섬은 거센 파도가 부서지는 바위 절벽과 울창한 원시림으로 뒤덮인 야생의 땅이었다. 지도에도 이름 없이 찍힌 그곳은 옥토가 아니라, 오로지 의지로 개척해야 할 거친 황무지였다.

사람들은 안도하며 배에서 내려 뭍을 밟았지만, 그 위안은 단 하루 만에 절망으로 바뀌었다. 조선에서 가져온 지식과 기술은 이 뜨거운 열대의 야생 앞에서 무기력했다. 숲은 맹독을 품은 덩굴과 독충으로 가득했고, 깨끗한 식수는 하늘의 별만큼 찾기 어려웠다.

첫 희생자는 개간 시작 3일 만에 나왔다. 한 노인이 밀림의 경계를 넓히던 중, 붉은 반점의 독거미에게 물렸다. 조선에서 세금 징수에 시달리며 가족을 데리고 온 평민, 이름 없는 그의 죽음은 율도국의 첫 희생으로 기록되었다.

동요가 퍼졌다. 울음이 터졌고, 속절없는 절망이 번졌다.

"이곳은 저주받은 땅이다."
"왕(광해군)에게서도, 신(神)에게서도 버림받은 곳인가."
"차라리 조선의 노비로 사는 편이 나았을지도 모른다."

그때 허균은 침묵을 깨고 삽을 들어 노인의 시신 곁에 구덩이를 팠다. 흙을 퍼고 돌을 깔면서 그는 나지막이, 그러나 모두가 들을 수 있게 중얼거렸다.

"이 땅은 당신의 뼈를 거름 삼을 것이다. 당신이 뿌린 그 뼈는 새로운 나라의 기초가 될 것이다."

그 말을 사이에 두고 업동은 울음을 터뜨렸다. 그러나 다음 날 아침, 그는 제일 먼지 도끼를 들었다. 모두가 눈물 속에 나무를 베며 첫 희생에 빚진 이 땅에 서게 되었다.

열대의 개간은 고통의 연속이며, 지옥과도 같았다. 새벽 4시부터 해질 때까지 삽질이 계속되었다. 조선에서 붓만 쥐던 자들이 삽을 들었고, 노비였던 이들이 채찍질 없는 노동에 땀 흘렸다. 10명씩 병에 쓰러지고 3명은 다시 일어나지 못했다.

피부는 썩고 손가락은 터지며, 허리는 펴지지 않았다. 어느 날, 서얼 학자 심우영이 흙구덩이 앞에서 피투성이 손을 쥐고 눈물을 흘렸다.

"내 손은 붓을 쥐던 손이다. 시(詩)를 쓰던 손이었다…. 이 흙더미를 파려고 왔단 말인가!"

옆에 있던 노비 출신 사내가 퉁명스럽게 말했다.

"그 붓으로 쌀이 나오겠소? 조선에서 그 시가 네 밥을 지었나?"

땀으로 흙 묻은 손을 번갈아 바라보던 두 사람은 다시 삽을 들었다. 죽음이 이들을 꺾을 수 없었다. 신분을 뛰어넘은 공동 노동, 그 피와 땀이 율도 헌법의 뿌리가 되리라.

한 달 뒤, 서얼 목수였던 한 젊은 장인은 허균에게 말을 건넸다.

"조선의 흙은 차가웠습니다. 나무를 깎아도 그저 물건뿐이었지요. 그런데 이 흙은 따뜻합니다."

허균이 고개를 끄덕였다.

"그것이 변화다. 뿌리가 내려졌다는 뜻이냐. 작물이 흙을 먹고, 흙이 작물을 키우듯, 우리가 황무지를 길들임으로 모든 것이 달라질 것이다."

 허균과 그의 동지들은 무인도에서 배운 총과 무기가 아니라, 주판을 들 손과 정밀함으로 승부하는 법을 시험하는 중이었다.

 마침내 첫 깃발을 올리는 날, 허균은 난설헌이 밤새 만들어 준 삼색의 깃발을 들고 모두를 언덕 위로 불러 모았다.

 황색은 왕의 금빛이 아닌 피로 물든 땅의 색, 백색은 신분을 벗어난 순수한 백성들의 의지, 청색은 무한한 바다와 이상향의 색이었다.

 중앙에 먹으로 그린 저울은 핏줄 대신 능력과 땀을 잴 것이란 새 세상의 정의를 상징했다.

 남쪽 바다에서 불어온 바람에 깃발이 펄럭였고, 광장에 모인 이들의 목소리는 기쁨과 환희로 하늘을 울렸다.

 "우리가 만들었어요!" 아이의 외침에 허균은 속삭였다.

 "이 깃발은 민중의 것이다. 무릎 꿇으라 명하는 자는 거짓이다. 이곳에선 모두가 같은 높이에서 서 있다."

 그날 밤, 허균은 처음으로 진정한 수면을 취할 수 있었다. 악몽 없는 잠. 조선에서 도망친 '유령'의 잠이 아니라, 깃발 아래 자신의 나라를 가진, 살아있는 자의 잠이었다.

공동 상단 율도국(1622년, 건국 2년)

율도국은 건국 2년 만에 기적과도 같은 번영을 이루었다. 그러나 이 번영은 헛된 우연이 아니니, 허균이라 이름한 시대를 앞서간 지도자가 17세기 동아시아의 지정학적 위험 속에서 생존과 번영을 위해 율도국을 거대한 '배움의 용광로'로 만들고자 했기 때문이었다.

허균은 율도국을 단순한 피난처로 여기지 아니하고 '우물 안 개구리'였던 조선의 고정된 사고방식을 깨부술 실험실로 삼았다. 그는 류큐와 명나라뿐 아니라 자신들의 동맹인 포르투갈 상인들과 그들 경쟁자인 네덜란드 동인도회사 상인들까지 율도국의 항구로 열렬히 불러들였으며, 율도국의 항구는 '중립'을 선언하고 '능력'에 따른 거래 외에는 어떠한 차별도 두지 않았다.

허균은 상관을 드나들며 무역을 이루는 중 그들의 제도(制度)를 배웠다. 그는 한낱 조선의 유학자가 아니라 유럽의 자본가처럼 질문하였다.

"그대들의 동인도회사는 어찌하여 국가의 허락 없이 군대를 다스리고 식민지를 개척하는가?"
"주주란 무엇이며 그들은 어찌하여 회사의 이익을 나누는가?"
"장부는 왜 모두에게 공개되어야 하는가?"

그는 유럽 상단으로부터 율도국이 나아갈 길을 보았다. 그것은 유럽의 동인도회사와 같이, 국가가 독점적인 무역권을 가지고 군대를 운용하며 모든 시민을 상단의 동업자로 만드는 혁신적인 구조였다. 이와 같은 구조는 신분제가 지배하는 조선에서는 꿈도 꿀 수 없는 일이었다.

율도국 무역의 총지휘관은 장무열이었다. 그는 본래 조선의 상인이었으나 신분제에 묶여 정식 상단을 운영할 수 없었던 자였다. 지난 십 년간 음지에서 거래를 관리하며 명멸하였고, 조선의 법도 안에서 부를 경멸당하며 빼앗긴 경험, 즉 '우물 안' 상인의 신세였다. 이제 그는 율도국의 '상무대신'이자 '장무관'이었다.

장무열은 매월 한 번 신월(新月: 음력 초하루에 뜨는 달)이 뜨는 날, 허균과 만났다. 대지는 율도국 최고의 언덕이었다. '공의당'(公議堂: '공적인 의논(議)을 하는 집(堂)'이라는 뜻)이라 불리는 그곳은 혁신의 장이었으니, 왕의 궁전이 아닌 '공개된 의사 결정의 장'이었다.

그 무거운 나무 탁자 위엔 이달의 장부와 배당금 문제가 놓였다.

"대표. 이번 달 수입 현황이옵니다."

장무열은 목재에 새긴 장부를 펼쳤다. 종이가 아닌 오랜 세월 물에 잠겨도 지워지지 않는 목재 기록이었다. 이는 모두 허균의 지시였다. 영구적이고 위조 불가능한 기록이라 하였다.

"명나라 비단 오백 필, 일본의 칼 이백 자루, 포르투갈의 조총 오십 정, 그리고…"

장무열은 한숨지었다.

"대표, 저 물건들을 다시 팔았을 때의 이익을 아시옵니까?"

"말해 보라."
"비단은 세 배, 칼은 다섯 배, 총기는 무려 열 배라 하옵니다. 너무도 많은 이익을 거두고 있나이다."

장무열의 목소리에는 기쁨이 아닌 두려움이 섞였다. 이것이 바로 조선 상인의 한계, '우물 안 개구리' 사고였다. 조선에서 상인이 막대한 부를 쌓는 것은 죄악시되거나 곧 관의 수탈 대상이 되었다.

"대표, 이 막대한 부를 어찌하시렵니까? 이 돈은 사쓰마와 조선 조정을 자극할 것이옵니다. 우리는 이 부를 숨겨야 하옵니다. 낡은 조선의 양반들처럼 땅에 묻거나 재산을 감추어야 하나이다."

허균은 나지막이 읊조렸다.

"그것이야말로 무역의 속성이오. 물건이 움직이는 곳에 이익이 생기는 법. 위험을 감수한 자가 이익을 거두는 것이 정당하나니. 장무관, 그대의 두려움은 '조선 법도'에서 기인한 것이고, 그대는 이 부가 '죄'라 생각하고 있소. 그러나 이 '율도'에서는 부는 죄가 아닌 힘이 될 것이오."

허균이 말을 이었다.

"허나 이윤만 남겨서는 아니 되오. 다시 이 땅에 투자해야 하오."
"알고 있사옵니다. 다만 대표, 생각해 봐야 할 것이 있사옵니다."
"무엇이오?"
"우리가 거둔 이 부는 모두의 것인지, 아니면 지배자의 것인지 말이오."

허균은 장무열의 눈을 바라보았다. 그것이 체계의 생사를 가르는 중대한 질문이었다.

"좋은 질문이오. 그래서 '배당금' 제도를 만들었소. 율도국의 모든 시민은 '상인'이자 '동업자'이며, 그들이 흘린 땀과 노력이 곧 '투자'가 되는 것이오."

"투자라 하시옵니까?"

"조선에서는 낯선 말이겠지만, 서양에서는 이미 수십 년 전부터 이와 같이 나라와 상단을 경영해 왔소. 함께 번영하려면 위험과 수익을 함께 나누어야 한다."

허균은 장무열을 가까이 불러 앉히고 천천히 설명하였다.

"내가 왕처럼 이 모든 이익을 독점한다면 어찌 되겠소? 시민들은 단순한 도구가 될 것이고, 스스로를 다시 '조선의 노비'가 되었다고 여기게 될 것이오. 노동 욕구는 점차 줄어들고, 만일 사쓰마가 침입하면 이 나라를 위해 싸우지 않을 터이니, 나라는 결국 공동화될 것이오."

장무열은 그 말을 곱씹었으나 '우물 안' 시각을 완전히 버리지 못하고 있었다.

"그렇다면, 해마다 벌어들인 이익을 모든 이에게 나누시겠다는 말씀이시옵니까? 저 밭 가는 노비 출신들과 대장간의 장인들에게도… 동등하게 말입니다."

"그렇소." 허균은 단호히 말했다. "한 명이 더 많은 돈을 욕심내는 것은 모두를 가난하게 만들지만, '함께' 부유해지고자 하는 욕심은 모두를 더욱 열심히 일하게 만드는 힘이 될 것이오."

허균은 창밖 들판을 가리켰다. 농작물이 무성하였다.

"보시오, 그들이 저 땅을 개척한 까닭이 무엇이었겠소. 나의 명령 때문이 아니었소. 이 땅이 마침내 '자신들의 것'이 되리라는 희망 때문이었지. 희망이야말로 사람을 움직이는 가장 강한 힘이오."

"대표, 그렇다면 대표께서도 배당금을 받으시는 것이옵니까?"

허균은 진심 어린 미소를 지었다.

"물론이오. 나도 모두의 일부이니, 왕이 아니라 방향만을 제시하는 나침반일 뿐이오. 나침반도 방향 잃으면 소용없소."

그 말에 장무열은 깨달았다. 낡은 왕조의 명령이 아니라 스스로 개혁하는 새로운 체계가 싹트는 것을. 그가 허균에게 처음으로 진정한 신뢰를 보낸 순간이었다. 충성이 아닌 공동 운명을 나누는 신뢰였다.

"그렇다면, 다음 달부터 배당금 제도를 시행하겠나이다."
"좋다. 그리고 추가로 중요한 것이 있소."
허균이 장무열에게 종이 한 장을 건넸다. 촘촘한 숫자가 적혀 있었다.

"이것이 무엇이옵니까?"

"배당금 계산법이오. 이것 또한 내가 서양 상단에게서 배운 것이오. 그들이 무너지는 까닭은 적이 강해서가 아니라 내부의 불신 때문이었소. 모든 시민이 이해하도록 공개적으로 공시되어야 하며, 누군가 불공정하다고 주장하면 함께 검토할 것이오. 투명함만이 신뢰를 만드오."

장무열은 수치를 보고 놀라움을 금치 못했다. 허균은 최악과 최선을 예측하고 각 단계별 시민 배당금 규모도 계산했었다.

"대표, 이 제도가 정녕 효과가 있으리라 보시옵니까?"
"나도 모르겠소."

허균은 솔직했다.

"우리는 지금 실험을 하고 있는 것이오. 만약 작동하지 않으면, 다시 바꿀 것이오. 중요한 것은 처음부터 완벽한 체계를 만드는 것이 아니라, 함께 개선해 나가는 것이오. 율도 국민들의 의견을 경청하고 개선하면서, 그저 사람들이 함께 살아가는 최소한의 공정을 지키려 할 뿐이오."

허균의 마지막 말은 왕의 명령 아닌, 함께 걷는 동료의 고백이었다. 율도국이란 새 질서의 진실된 시작이있음을 장무열은 느꼈다.
밤이 깊어갈 무렵 그 공의당에서 나가며 중얼거렸다.

"신분제 없는 나라라…. 정말 이룰 수 있을까?"

그의 발아래에는 율도국의 첫 건물들이 있었다. 창고, 집회당, 작은 사원. 초라했지만 17세기 동아시아 어디에도 없는 새 질서가 자라나고 있었다.

밤바람이 멀리서 깃발을 휘날렸다. 삼색 깃발, 중앙에 저울 문양이 바람에 흔들리고 있었다.

율도국은 한 남자의 꿈을 넘어 모두의 현실이 되었다. 그리고 그때가 가장 혁명적인 순간이었다.

배당금의 윤리학: 자존심과 동업자 정신

건국 2년 만에, 드디어 그 혁명적인 순간을 증명할 날이 왔다. 장무열이 보고했던 막대한 무역 이윤을 '공동 상단'의 헌장에 따라 분배하는, '첫 배당금 지급식'이 열리는 날이었다.

섬의 모든 국민이 광장에 모였다. 아이에서 노인까지, 1,200명의 모든 이가. 그들은 1년 전, 황무지에서 흙을 파고 나무를 베던 절망의 얼굴이 아니었다. 그을린 피부에는 고된 노동의 흔적이, 눈빛에는 자신들이 일군 터전에 대한 생기가 감돌았다.

허균은 나무로 만든 단상에 섰다. 그의 옆에는 거대한 궤짝 여러 개를 들고 온 장무열이 굳은 표정으로 서 있었다. 광장은 기대와 의심의 술렁임으로 가득 찼다.

허균이 손을 들어 광장을 조용히 시켰다.

"율도국 국민 여러분! 우리는 낡은 조선을 떠났습니다. 아무도 없고, 아무도 지켜주지 않는 이 바다 위에서, 하지만 우리는 포기하지 않았습니다! 우리가 흘린 각 한 방울의 땀, 우리가 잃은 각 한 명의 동지들의 목숨이, 오늘의 번영을 만들었습니다! 그리고 오늘, 우리는 그 결실을 함께 나누려 합니다!"

장무열이 첫 번째 궤짝을 열었다. '쨍그랑' 하는 소리와 함께, 은화가 쏟아져 나왔다. 햇빛을 받아 눈부시게 빛나는 은화. 정확하게 계산된, 1,200개의 동일한 몫이었다.

"이것은 우리가 함께 번영한 증거입니다. 이것은 당신들이 '주인'이라는 증거입니다!"

장무열이 장부를 펼치고, 첫 번째 이름을 불렀다.

"김씨 할머니!"

첫 번째로 호명된 사람은, 80세의 할머니였다. 그녀는 임진왜란 때 남편을 잃고, 조선에서는 걸인 신세로 연명하다 배에 오른 자였다. 그녀는 어리둥절한 표정으로 주저앉아 있다가, 주변의 부축을 받고서야 비틀거리며 단상으로 나아갔다.

장무열이 은화가 담긴 주머니를 내밀었다. 그러나 할머니는 뒷걸음질 쳤다.

"내가… 내가 무얼 했다고… 이것은 나라의 돈이 아니오? 내가 감히 받을 수 없소."

"받으십시오." 장무열이 그녀의 손을 잡아 주머니를 쥐어주었다. "이것은 나라가 베푸는 자비가 아닙니다. 할머니께서 지난 4년간 이 땅을 일구고, 아이들을 돌보신 것에 대한 정당한 '보상'입니다."

할머니의 손이 은화를 받아들였을 때, 그녀의 눈에서 눈물이 흘러내렸다.

"이… 이것이… 제 것입니까?"
"그렇습니다. 당신은 이 나라의 동업자이십니다."

할머니는 은화 주머니를 들었다 놨다를 반복했다. 마치 신기한 물건처럼. 조선에서 그녀는 평생을 늙은 노비의 아내, 또는 과부, 그리고 걸인이라는 이름으로 살았다. 그녀의 노동과 땅은 언제나 주인과 핏줄의 것이었을 뿐, 그녀 자신의 가치로 인정받은 적이 없었다.

그녀의 삶에는 '자신의 노력에 대한 정당한 보상'이라는 개념 자체가 없었다. 그녀는 주머니를 품에 안고 오열했다. 광장에서 박수갈채가 터져 나왔다.

다음은 젊은 장인이었다. 그는 조선에서는 기술이 아무리 뛰어나도 서얼이라는 태생 때문에 관직 진출은 물론 정당한 상인으로 대우받지 못했다. 그의 손이 은화를 받아들였을 때, 그는 자신의 거친 손바닥과 은화 주머니를 번갈아 보다가, 소리 없이 울음을 터뜨렸다.

"제가… 제가 이렇게 많은 돈을 받아도 되나요? 제 핏줄의 굴레를 끊지 못했는데도요?"

장무열은 단호하게 말했다.

"당신이 흘린 땀은 핏줄보다 강합니다! 당신은 조선의 낡은 법도가 영원히 짓밟았던 '능력'이라는 가치로 이 돈을 받은 것입니다. 당신은 이 나라의 '주인'입니다!"

환호성이 광장을 뒤덮었다. 율도국의 법도가, 저울의 깃발이 현실이 되는 순간이었다.

세 번째, 네 번째… 백 번째. 사람들은 자신의 이름이 불릴 때마다 감격했고, 은화를 받아 들고 자신의 자존심을 확인했다.

하지만 그때였다.

"최 영감!"

장무열이 다음 이름을 불렀다. 한 노인이 천천히 단상으로 올라왔다. 그는 궤짝에서 은화를 받았지만, 그의 손은 미세하게 떨렸다. 그도 배당금을 들었다 놨다를 반복했다. 하지만 그의 눈에는 눈물이 없었다. 대신 그의 얼굴에는 깊은 혼란이 맺혀 있었다.

그는 자리에 돌아가지 않고, 단상 위의 장무열을, 그리고 그 뒤의 허균을 바라보았다.

광장의 소란이 조금씩 잦아들었다.

"할아버지. 어서 돌아가시지요." 장무열이 다음 사람을 부르려다 말고 물었다.

"관장님." 노인이 입을 열었다. 그의 목소리는 작았지만, 이상하게도 광장 전체에 울리는 듯했다.

"이것으로 뭘 할 수 있겠나?"
"무엇이든 하실 수 있습니다. 약도 사고, 음식도…."

"아니." 노인이 말을 잘랐다. "저기, 방금 돈을 받아 간 젊은 장인은 저 돈으로 뭘 할꼬?"

노인이 아까 울음을 터뜨렸던 장인을 가리켰다.

"저 친구는 저 돈으로 더 좋은 망치와 연장을 사겠지. 그래서 내년에는 더 많은 물건을 만들고, 후년에는 더 큰 배당금을 받을 걸세. 저 친구의 '능력'은 저 돈으로 더 커지겠지."

노인은 다시 자신의 떨리는 손을 들어 보였다.

"나는 이 돈으로 뭘 할 수 있나? 약과 음식을 사 먹고… 죽을 날만 기다려야 한다. 내년이면 내 손은 더 떨릴 것이고, 나는 더 쓸모없어지겠지."

광장의 환호가 완전히 멎었다. 1,200명의 시선이 이 노인에게, 그리고 허균에게로 향했다.

노인이 은화를 만지작거렸다.

"결국, 우리도 다른 길을 걷게 되는 건가? 능력이 없다는 이유로? 조선에서는 핏줄 때문에 차별받았는데, 여기서는 늙고 병들었다는 이유로 차별받는 것이 아닌가?"

허균이 이 대화를 들었다. 그의 얼굴이 창백해졌다. 1,200명의 환호보다, 단 한 사람의 이 조용한 질문이 더 날카롭게 그의 심장을 찔렀다. 자신이 세운 완벽한 법도(律途)의 반석 위로 첫 번째 균열이 가는 소리를 들은 듯했다.

신분제를 없앤다고 해서, 모든 차별이 사라지는 것이 아니었다. 오직 그 형태만 바뀔 뿐이었다.

조선에서는 핏줄이 사람을 정했고, 여기서는 능력이 사람을 정하고 있었다. 신분제라는 굴레를 풀었지만, 새로운 굴레를 만들고 있는 것이 아닌가?

한 명, 한 명씩 배당금을 받는 모습을 보며, 난설헌은 오라버니 곁에서 눈물을 흘렸다.

"오라버니, 이게 정말 가능할까요? 이게 정말 완벽할까요?"
"지금 일어나고 있다. 그리고 이제 이것이 현실이 되었다. 더 이상 꿈이 아니라, 역사가 되었다."

허균의 목소리는 확신이 있었지만, 그의 눈빛은 아까 그 노인을 향한 채 흔들리고 있었다.

배당금 지급식이 끝났을 때, 저녁 하늘이 붉게 물들고 있었다. 할머니는 은화를 들었다 놨다를 반복하며 집으로 돌아갔다. 장인은 그 은화로 새로운 도구를 만들 계획을 세웠다. 아이들은 엄마, 아빠의 손에서 그 은화를 놓지 않으려 했다.

그것은 단순한 '돈'이 아니었다. 그것은 자존심이었다. 조선에서는 평생 그들을 짓밟던 신분제가 주지 않았던, 그 자존심. 하지만 노인은 어둠이 내려앉는 거리에서, 혼자 남겨져 은화를 바라보고만 있었다.

허균은 혼자 언덕에 앉아 그 장면들을 바라보았다. 그는 웃지 않았다. 다만, 오랜 시간을 그렇게 앉아만 있었다.

"괜찮으신가요, 대표님?"

업동이 조심스레 물었다.

"괜찮다. 단지… 소중한 순간을 기억하고 싶을 뿐이다. 이런 날이 영원히 계속되기를. 이런 미소가 영원히 계속되기를."

허균의 말 사이에는 확신이 없었다. 그것은 기원이었다. 다짐이 아니라.

낙원의 균열: 창조와 수성의 대립 (1623년, 건국 3년)

(율도국이 혁명의 성공 이후 직면하는 내부적 갈등. '창조파'는 혁명의 이상과 외연 확장을 주장하는 반면, '수성파'는 힘들게 얻은 안정과 번영(실리)을 지키는 것(수성)을 우선시하며, 이상향 내부에서도 새로운 형태의 보수화가 발생함)

하지만 낙원이라고 믿었던 그곳에도 균열이 생기기 마련이었다. 건국 3년이 되자, 율도국 내부는 겉으로 드러나지 않는 두 개의 거대한 흐름으로 나뉘어 있었다. 모든 혁명은 성공 직후 '어디까지 갈 것인가'를 두고 분열한다.

갈등의 한 축은 박희재(박응서의 동생)가 이끄는 '전진파(前進派)', 혹은 '창조파'였다. 그들은 대부분 활빈당 출신이거나 조선에서 가장 격렬하게 저항했던 '꺾인 날개들'이었다. 그들은 율도국의 혁명은 이 섬에서 안주하는 순간 썩기 시작하며, 반드시 조선에 '수출'되어야만 완성된다고 믿었다. 그들의 궁극의 목표는 여전히 저 북쪽이었다.

"이 섬은 거점일 뿐입니다! 우리의 꿈은 저 북쪽에 있습니다! 조선을 해방시키는 것이 우리의 대의입니다!"

박희재의 목소리는 늘 뜨거웠다. 그는 율도국의 신형 조총으로 무장한 군대를 훈련시키며 매일 같이 북쪽 바다를 바라보았다. 그는 전쟁터에서 피를 보면서도 꿈을 잃지 않는 자였다. 또는, 이미 꿈과 현실의 경계가 무너진 자였다.

다른 한쪽은 장무열이 이끄는 '수성파(守成派)'였다. 그들은 율도국 헌장의 근간이 된 네덜란드 동인도회사(VOC)의 초기 주주들처럼 행동했다. 그들은 대부분 상인 출신이거나, 황무지를 개간해 이제 막 안정된 삶을 찾은 정착민들이었다. 그들은 혁명이 점점 지나치게 격해지고 극단으로 치닫는 것을 막으려 했으며, 수많은 희생을 통해 얻어낸 번영과 안정을 지키려 애썼다.

"우리가 조선을 침략한다면, 모든 것이 무너집니다! 이 섬은 무역으로 존재합니다. 무역이 중단되면, 우리는 석 달 안에 기아 상태에 빠집니다!"

장무열의 목소리는 냉정했다. 그것은 상인의 목소리였다. 돈을 계산하는 목소리였다.

"조선의 모든 양반, 모든 관군이 우리를 향해 군대를 보낼 것입니다! 그때 우리는 어떻게 버티겠습니까? 페레이라와 맺은 포르투갈의 힘만으로는 부족합니다!"

율도국을 '창조파'와 '수성파'로 갈라놓았던 이 첨예한 대립은, 마침내 건국 3주년을 기념하는 공의회의 날, 섬의 광장에 모인 모든 대표자들 앞에서 터져 나왔다. 각 구역마다 선출된 대표 50명. 이 체계는 허균이 창조한 것이었다. 세습 왕정이 아닌, 민주적 협의 제도. 모든 중요한 결정은 여기서 이루어졌다.

먼저 일어선 것은 박희재였다. 그의 손은 칼자루에 익숙해져 있었고, 그의 눈은 불타고 있었다.

"동료 여러분! 우리가 이 섬에 온 지 벌써 3년입니다. 하지만 우리가 정말 원했던 것이 무엇입니까? 이 섬에서 부유한 상인으로 편히

사는 것입니까? 아니면 우리 형제들이 여전히 고통받고 있는 저 조선 땅을 구하는 것입니까!"

회의장이 술렁였다. 활빈당 출신들의 눈빛이 뜨거워졌다.

"조선은 지금 어떤 상태입니까? 낡은 명분에 갇혀 후금 오랑캐에게 항복했습니다! 그들이 우리 동포들을 얼마나 짓밟고 있겠습니까! 우리가 지금 가지 않으면, 대체 언제 가겠습니까!"

박희재의 열정은 감염성이 있었다. 그의 눈빛 속에는 혁명가의 순수한 분노가 타오르고 있었다.

그때, 장무열이 느리지만 결연하게 일어섰다. 그의 움직임은 느렸지만 결연했다.

"박희재 동지, 열정은 좋습니다. 하지만 열정만으로는 전쟁에 이기지 못합니다."

그는 손에 들고 있던, 숫자가 빽빽이 적힌 목제 장부를 들어 보였다.

"현실을 봅시다! 우리의 식량 자급률은 이제 겨우 십분의 칠입니다. 즉 십분의 삼은 무역으로 얻어야 합니다. 우리의 헌장은 '공동 상단'의 헌장이지, 유서가 아닙니다!"

장무열은 율도국에 드나들던 유럽 상인들에게서 들은 정보를 인용했다.

"저 막강한 네덜란드 동인도회사(VOC)조차, 경영진이 이익을 배당하지 않고 '전쟁'에만 쏟아붓자, 작년에 '주주'들의 거센 반란에 부딪혔습니다! 그들은 회사가 전쟁 기계가 되는 것을 거부했습니다! 우리 1,200명의 국민 역시 이 '공동 상단'의 주주들입니다! 만약 우리가 조선을 침략한다면, 모든 무역 동업자가 우리를 적으로 돌릴 것입니다. 포르투갈도, 명나라도, 류큐도."

장무열의 목소리는 냉정했지만, 그것은 냉혈한의 냉정함이 아니라, 현실을 직시한 자의 냉정함이었다.

"지금의 번영은 무역으로 이루어진 것입니다. 만약 우리가 그 무역을 포기한다면, 우리가 이루어놓은 모든 것 배당금도, 공의회도, 신분 없는 나라도 모두 무너집니다!"

회의장이 뜨거워졌다. 마치 용광로처럼. 한쪽은 이상을 외치고, 다른 한쪽은 현실을 외쳤다.

"대의를 위해 배를 굶자는 것인가!" (수성파)
"배부른 노예가 되자는 것인가!" (창조파)

둘 다 옳았다. 그것이 가장 무서운 것이었다.

이제 이 모든 논쟁을 결정해야 하는 허균은 모든 말을 들었다. 그는 마지막까지 아무것도 말하지 않았다. 회의장의 열기가 절정에 달했을 때, 마침내 그가 입을 열었다.

"충분하다."

모두가 침묵했다. 그의 한 마디가 모든 음성을 끊어버렸다.

"우리는 모두 옳다. 박희재의 분노도 옳다. 그것은 혁명가의 분노다. 조선의 고통을 외면할 수 없는, 그 거룩한 분노. 장무열의 계산도 옳다. 그것은 현실가의 계산이다. 이 나라를 지키려는, 그 무거운 책임감."

허균은 일어났다. 그의 움직임은 느렸지만, 그 무게는 무거웠다.

"둘 다 필요하다. 왜냐하면 우리는 이상과 현실 사이에서 살아가는 사람들이기 때문이다. 둘 중 하나를 포기하면, 우리는 희망을 잃거나 현실에 익사한다."

허균이 천천히 말했다.

"지금부터 새로운 정책을 발표한다. 비밀 군자금 적립 비율을 5할로 올린다. 무역 이익 중 절반을 이제부터 비밀 병력과 무기 개발에 투자할 것이다. 우리는 미래를 위한 투자를 멈추지 않을 것이다. 허나…"

그 마지막 한마디에 회의장의 공기가 얼어붙었다. '허나', 그 한 글자가 의미하는 바는 명확했다. 그것은 그들이 피눈물로 얻었던, 그들의 자존심, 배당금의 문제였다.

마침내, 장무열과 함께 온 한 상인이 모두의 두려움이 담긴 질문을 하였다.

"대표님. 그렇다면… 배당금은 어찌 되는 것입니까?"

침묵이 내려앉았다. 모든 국민이 허균의 입을 바라봤다.

"배당금은 유지한다."

사람들이 안도의 한숨을 내쉬려는 찰나, 허균의 말이 이어졌다.

"우리는 VOC의 주주들이 요구했던 '권리'를 무시하지 않을 것이다. 하지만, 금액은 십분의 일 감소할 것이다."

숨이 넘어갔다. 여기저기서 격앙된 목소리가 터져 나왔다.

"십분의 일이라니!"
"그것은 헌장에 어긋나는 일이오!"

"대신, 우리는 모두가 함께 미래를 준비하는 것이다." 허균의 목소리는 낮았지만, 모든 소음을 압도했다.

"너희가 포기한 십분의 일은, 너희 자식의 미래를 위한 투자다. 너희 자식들이 조선으로 돌아갈 수 있는 날을 위한, 그 투자다."

허균의 목소리는 낮았지만, 그것은 거기에 있는 모든 사람의 가슴을 울렸다.

"나는 너희에게 거짓을 말하지 않겠다. 이것은 희생을 요구하는 정책이다. 하지만 이 나라의 모든 결정에는, 너희의 동의가 필요하다. 만약 너희가 반대한다면, 나는 이 정책을 철회할 것이다."

회의장에는 긴 침묵이 흘렀다. 율도국이 마침내 단순한 '공동 상단'을 넘어 진정한 '국가'로 변모하느냐, 아니면 허균 개인의 꿈으로 부서지느냐가 바로 이 침묵에 달려 있었다.

그 침묵 속에서, 한 사람이 일어섰다. 그는 80세의 할머니였다. 첫 배당금을 받고 오열했던 그 할머니였다. 그녀는 천천히 일어섰고, 천천히 말했다.

"대표님, 나는… 이 십분의 일을 기꺼이 포기합니다."

그녀의 목소리는 작았지만, 그것이 회의장을 가득 채웠다. 장무열 쪽의 상인들이 그녀를 쳐다봤다.

"나는 조선에서 평생 걸인으로 살았소. 내 평생 처음으로 내 몫을 받았을 때, 그것이 돈이어서 기뻤던 게 아니오. 내 삶이 '가치'가 있다는 것을 인정받아서였소."

그녀가 허균을 바라보았다.

"하지만, 우리가 저 북쪽의 형제들을 잊고 우리만 배를 불린다면, 이 배당금은 다시 '죄'가 될 것이오. 우리가 조선에 가지 못한다면, 이 배당금도 소용없을 것이기 때문입니다."

다른 사람들이 일어섰다. '능력'을 인정받고 울었던 그 젊은 장인이었다.

"나도 찬성합니다. 내 몫 십분의 일을 포기합니다."

한 명, 또 한 명, 또 한 명씩.

"나도."
"나도."

회의장의 모든 손이 들렸다.

그것이 첫 번째로 율도국을 '공동 상단'에서 '국가'로 변모시킨 순간이었다.

공동 상단은 번영을 추구했고, 국가는 미래를 추구했다. 공동 상단은 현재를 나누고, 국가는 미래를 함께 만든다.

밤이 깊어갈 무렵, 허균은 혼자 언덕에 서서 바다를 바라봤다. 저 북쪽, 조선을 바라보며. 그것이 가장 외로운 순간이었다. 그것이 동시에 가장 고결한 순간이었다.

왕의 그림자: 북쪽의 고독 (1623년 봄, 조선)

율도국이 바다 위에서 혁명의 씨앗을 싹틔우는 5년 동안, 조선의 왕 광해군은 더욱 깊은 고독 속에 잠겨야 했다.

허균의 죽음이라는 거대한 기만극이 신료들의 눈을 가리는 동안에도, 북쪽의 불안은 가중되고 있었다.

광해군은 침전의 촛불 앞에서 밤마다 같은 생각을 되풀이했다. 허균이 말했던 '명분 층'의 폭력성. 그것을 매일 목도하고 있었다.

명나라에 대한 사대를 절대 선으로 믿는 신료들은 후금과의 대화 노선(살림의 외교)을 '나라를 망치는 생각'으로 격하게 몰아붙였으며, 당 색을 초월하여 국왕 광해군에게 대항했다. 이 첨예한 대립은 5년간 계속되었다. 조정은 이미 명분론자들의 압력솥이었다.

"짐은 이 나라의 마지막 실리(實利)를 지키려는 왕이다. 헌데 그들은 나를 역적이라 부른다."

광해군의 중얼거림은 공허한 방에서 울렸다. 그를 이 옥좌에 고립시킨 재조지은이라는 거대한 족쇄를 원망하는 소리였다. 그 족쇄를 부술 유일한 칼날을 떠올리듯, 광해군은 밤마다 허균과의 밀담을 떠올렸다.

자신이 실패한 '실리의 층'을 허균이 바다 위에서 완성해 주리라는 믿음. 그것만이 얼어붙은 옥좌에 남아있는 유일한 온기였다.

왕은 편전의 창문 밖을 바라보았다. 5년 전, 허균이 나섰던 그 밤처럼, 하늘은 칠흑 같았다.

조선의 신료들에게 임진왜란 당시 명나라가 베푼 은혜, 즉, 재조지은은 단순한 외교가 아니라 종교적 신념이었고, 정신 그 자체였다. 이 맹목적인 명분론은 후금이라는 현실적인 위협 앞에서 조선의 생존을 담보하는 살림의 외교 자체를 '오랑캐와 손잡은 극악무도한 배신'으로 몰아세웠다.

신료들의 상소문은 날마다 쌓였다. 대동소이한 내용이었다. 광해군은 명분을 잃은 왕이며, 조선은 후금과의 화의를 통해 이미 명나라를 배신했다는 것.

광해군은 그들의 말을 알았다. 하지만 그는 또한 알고 있었다. 후금의 군사력을, 명나라의 쇠락을. 그리고 조선이 그 사이에서 생존해야 한다는 현실을.

왕은 홀로 이 거대한 명분론의 파도와 맞서 싸우며, 허균이 보낸 비밀 자금과 군사력이 도착하기를 기다려야 했다. 하지만 그가 '외부'의 명분과 '남쪽'의 희망에 몰두해 버티고 있는 동안에도, 정작 '내부'에서는 '폐모살제(廢母殺弟)'라는 거역할 수 없는 도덕적 칼날을 쥔 서인 세력의 움직임이 거대한 그림자를 드리우고 있었다. 이것은 곧 인조반정의 조짐이었다.

광해군은 자신이 외부의 위협뿐만 아니라, 내부의 명분론자들에게도 포위당했음을 직감했다.

그들은 하나의 명분을 가지고 있었다. 그것은 압도적이었다. 절대적이었다. 그리고 저항할 수 없었다.

"나는 이 나라의 생존을 위해 살고 있다. 그런데 왜 나는 고독한가?"

광해군의 질문은 아무에게도 도달하지 않았다. 그 고독한 기다림 속에서, 왕은 파멸이 다가오는 불길한 예감을 떨칠 수 없었다. 율도국이 번영하는 동안, 그들의 유일한 방패이자 대의의 근원이었던 북쪽의 왕은 운명의 시한부를 선고받고 있었다.

허균이 던진 주사위가 바다에서 승승장구하는 동안, 그 주사위의 판돈이었던 광해군의 운명은 바람 앞의 촛불처럼 흔들렸다.

광해군은 밤마다 남쪽의 바다를 향해 기도했다. 허균이 올 것을 믿으면서. 그렇지만 마음 한구석에는 절망이 자리 잡고 있었다.

그가 도착하기 전에, 이 나라가 무너질 수도 있다는 절망.

강철의 외교와 동쪽에서 부는 바람(1623년 봄, 율도)

율도국은 건국 3년, 강철 같은 생존 논리로 무장했다.

허균은 외교를 통해 사쓰마번의 족쇄를 더욱 단단히 걸었다. 포르투갈과의 협력으로 해적들을 소탕하여 '동쪽에서 부는 바람'이라는 신용의 이름으로 질서를 세웠다.

명나라 정부는 율도국이 보유한, 포르투갈의 고아(Goa) 병기창에서 개량된 신형 '아르케부스(Arquebus)' 조총 기술과 함포 전력을 탐내고 있었다.

명 사신이 율도국에 당도했을 때, 그것은 단순한 외교 방문이 아니라, 동아시아의 새로운 질서를 결정하는 순간이었다.

허균은 난설헌과 장무열을 배석시키고 당당한 국가 대 국가의 외교를 펼쳤다.

그것은 230년 묵은 조공(朝貢: 중국 황제에게 토산물을 바치고 책봉(册封)을 받는 외교 관계)의 문법이 아닌, 율도국만의 '새로운 외교의 언어'를 사용할 첫 번째 무대였다.

명 사신은 화려한 예물을 들고 들어섰다. 천자의 은혜, 조선 왕실과 같은 예우의 제안. 그것은 분명히 회유의 신호였다.

허균은 그 예물을 정중히 받고, 천천히 말했다.

"천자의 은혜는 감사하나, 우리 율도국은 이미 새로운 길을 걷고 있습니다."

사신의 얼굴이 경직되었다. 이것은 낮은 국가가 취할 대사가 아니었다.

"우리는 힘을 바치는 것이 아니라, 힘을 나누는 계약을 맺습니다. 만약 명나라가 우리와 영원한 무역 동맹을 맺고, 이 바다의 평화를 유지하는 데 힘을 합친다면, 우리의 '다네가시마식 화승총 제조 기술과 함포 전력을 공유할 용의가 있습니다."

장무열이 앞으로 나왔다. 그의 손에는 명나라의 영토를 표시한 지도가 있었다.

"현재 북방의 위협으로 명은 상당한 군사적 압박을 받고 있습니다. 우리의 기술은, 그 위협에 대처하기 위한 가장 효과적인 수단입니다."

난설헌이 덧붙였다.

"하지만 우리는 명의 속국이 아닙니다. 우리는 독립적인 국가입니다. 우리와의 계약은 동등한 입장에서 이루어져야 합니다."

이는 조선의 사대부들이라면 상상조차 할 수 없는, 당당한 외교였다.

명 사신은 경악했으나, 북방의 위협에 대처할 무기와 남방 무역을 통제할 힘을 거절할 수 없었다.

협상은 3일을 지속했다.

결국 명나라는 양보했다. 율도국은 조총과 대포 제조 기술의 일부를 명나라에 전달하기로 합의하고, 대신 동아시아 무역의 중립적 중개자로서의 지위를 인정받았다.

더 중요한 것은, 이 협정이 국제적 신용을 만들었다는 것이다.
율도국은 이로써 세 개의 거대한 방패를 얻었다.

- 포르투갈: 군사 기술과 해군력
- 명나라: 경제적 안정과 국제적 인정
- 류큐 신녀: 동아시아 해역의 영적 권위

이 외교는 사쓰마번에 강력한 경고가 되었다.

야마다 겐조가 비록 물러났으나, 사쓰마는 여전히 율도국을 눈엣가시로 여겼다. 그들의 계획은 언젠가 율도국을 합병하는 것이었다.

하지만 포르투갈의 압력과 명나라의 협정은 그들이 섣불리 율도국을 침공하지 못하도록 막아주는 방파제 역할을 했다.

사쓰마는 침묵할 수밖에 없었다.

건국 3년의 봄. 율도국의 외교적 방패가 완성된 그날, 허균은 마침내 때가 되었음을 직감했다. 그는 율도국의 심장부, 비밀 군자금이 가득 찬 창고로 향했다.

그곳에는 강일모가 '어둠의 회계술'로 빼돌린 내탕고의 자본과 율도국이 4년간 '사슴 가죽'과 '인삼' 독점 무역으로 벌어들인 막대한 양의 일본 은(銀)과 포르투갈의 금화가 산처럼 쌓여 있었다.

그것들은 이제 조선의 국고보다 풍족할 터였다.

허균은 서늘한 금속의 냄새가 감도는 창고 안을 천천히 둘러보았다. 무인도의 밤, 모래 위에 그렸던 덧없는 그림이, 이제 손에 잡히는 실리(實利)의 결정체가 되어 눈앞에 있었다. 이 힘이라면, 5년간 이어진 왕의 침묵을 깰 수 있었다.

5년간 끊어졌던 광해군과의 연락은 여전히 불확실했으나, 허균은 이 거대한 부(富)를 앞에 두고 왕이 혁명을 시작할 때가 되었음을 직감했다.

그는 자신의 집무실로 돌아와 벼루를 갈았다. 그리고 종이에 붓을 들었다. 손이 떨렸다. 5년 만에 쓰는 그 이름. 광해군.

'폐하께,

이제 때가 되었나이다. 율도국의 가장 강력한 무기는 이 배와 총이 아니옵니다. 저 금덩어리가, 북쪽의 왕에게 도달해야 하나이다.
5년을 기다리셨습니다. 5년을 혼자 버티셨습니다. 이제 그 고독이 끝날 시간입니다.
부디 이 힘으로 낡은 시대를 종식시키시옵소서. 그리고 새로운 시대를 여시옵소서.

실리(實利)의 충신, 허균 올림
1623년 봄'

허균은 편지를 접었다. 그의 손가락이 봉합선을 누를 때, 더 이상 떨리지 않았다.

며칠 뒤, 조선의 견고한 '판옥선' 건조술과 포르투갈의 속도전 항해술이 결합된, 가장 빠르고 은밀하게 건조된 쾌속선 한 척이 어둠을 틈타 율도국을 빠져나갔다.

그 배는 세 명의 율도국 병사를 싣고 있었다. 그들은 모두 조선인이었다. 조선에서 나온 자들, 조선으로 돌아가는 자들.

그들의 짐 속에는 비밀 군자금(금화와 은화로 가득한 상자 50개), 조총 부품 도면과 대포 기술 자료, 그리고 허균의 마지막 편지가 담겨 있었다.

배의 돛에는 특별한 표식이 없었다. 그것은 단순한 무역선처럼 보였다. 하지만 그것의 정체는 완전히 달랐다.

그 배는 '동쪽에서 부는 바람' 그 자체였고, 율도국의 모든 번영과 '혁명의 씨앗'을 싣고 마침내 북쪽의 얼어붙은 땅을 향해 나아갔다. 율도국의 운명은 이제 조선의 운명과 직접적으로 얽히기 시작했다.

바로 그날 밤, 같은 달빛 아래, 두 개의 지점에서 두 명의 남자가 기다리고 있었다.

남쪽의 섬에서는, 허균이 항구의 절벽에 서서, 떠나가는 배를 바라봤다. 그 배가 밤의 바다에 완전히 사라질 때까지.

"이제 나의 몫은 끝났다." 그는 나직이 중얼거렸다. "남은 것은 그의 몫이다. 왕의 몫이다."

북쪽의 궁궐에서는, 광해군이 남쪽의 바다 방향을 바라보고 있었다. 기도하듯.

"혹시… 그가 왔는가?"

그는 알지 못했다. 하지만 그의 몸이 알았다. 어딘가에서, 변화의 숨결이 다가오고 있음을.

밤은 깊어져 갔고, 두 명의 영웅은 각각의 고독 속에서 공통의 꿈을 바라보고 있었다.

그러나 그들은 알지 못했다. 그들이 보낸 희망의 배는 북쪽에서 이미 시작된 거대한 역풍의 한가운데로 돛을 올리고 있었고 두 영웅의 꿈 또한 역사상 가장 잔인한 엇갈림 속으로 빨려들어 가고 있었다.

제3부

역풍逆風

- 유령의 귀환 -

한양에 내린 서리 (1623년 봄, 조선)

율도국이 건국 3년을 맞은 1623년의 봄. 조선의 수도 한양에는 서리가 내렸다. 그것은 계절의 섭리가 아니라, 사람의 마음에서 피어난 냉기(冷氣)였다.

광해군 시절의 혼란스럽고 뜨거웠던 열기는 하룻밤의 꿈처럼 사라지고, 도성의 거리에는 삭막하고 서슬 퍼런 질서가 자리 잡았다. 사람들은 말을 아꼈고, 서로의 눈치를 살폈으며, 그림자마저 몸을 사리는 법을 배웠다.

광화문 네거리에 나붙은 포고문. 폐위된 왕의 죄목을 낱낱이 고하는 36개의 문장. 사람들은 그 앞에 멈추어 섰으나, 누구도 그것을 소리 내어 읽지 않았다. 읽는 것 자체가 새로운 시대에 대한 반역의 증거가 될 수 있었다.

인조반정(仁祖反正).

'바로잡아 바른 곳으로 되돌린다'라는 그 거창한 이름 아래, 피의 칼날이 뒤따랐다.

광해군을 등에 업고 15년간 권세를 누렸던 대북파는 뿌리째 뽑혔다. 영의정 정인홍은 아흔에 가까운 나이에도 옥에 갇혀 결국 참수형을 받았고, 그의 아들과 손자도 함께 죽었다. 권력의 심장이었던 이이첨은 도주 끝에 붙잡혀 형장으로 끌려갔다. 그의 말로는 '형장의 이슬'이라는 말로 감출 수 없을 만큼 비참했다. 그는 고문 속에서 신음하며 죽어갔다.

이들은 '폐모살제(廢母殺弟)'라는 천륜의 죄와 '권력 독점'이라는 폐단 척결의 깃발 아래, 어제의 권력이 오늘의 역적으로 지워지는 피의 윤회를 반복했다. 그 과정에서 수백의 관료, 양반, 그리고 그들의 무고한 가족들이 목숨을 잃었다. 집은 몰수되었고, 이름은 역적의 명부에 올랐다.

이것이 '명분'의 현실이었다.

이 '명분'의 현실은 용상에 오른 새로운 왕 인조(능양군)에게 가장 무거운 무게로 돌아왔다. 그의 권위는 반정을 이끈 김류와 이귀를 비롯한 공신들의 칼끝에서 나왔다.

그의 정당성은 폐위된 왕을 향한 36가지의 죄목 위에 아슬아슬하게 서 있었다.

36가지. 그 숫자가 의미하는 것은, 더 이상 돌아갈 수 없다는 뜻이었다. 한두 개의 죄목이 아니었다. 그것은 광해군의 모든 행적, 모든 호흡을 죄로 규정하는 것이었다. 인조는 그 36개의 족쇄를 스스로 차고 용상에 오른 왕이었다. 그것을 지켜내는 것만이 자신의 유일한 정통성이었다.

편전의 공기는 이전과 완전히 달랐다. 반정 공신들은 왕의 신하이기보다 동업자에 가까웠다. 그들의 목소리에는 거침이 없었고, 왕의 의견이 자신들과 다를 때면 "전하께서 반정의 대의(大義: 마땅히 지켜야 할 옳은 도리나 큰 명분)를 잊으신 것은 아니옵니까?"라는 서늘한 협박으로 왕을 압박했다.

그들을 압박하고, 또 왕을 옥죄는 가장 강력한 무기는 바로 '재조지은(再造之恩)'이라는 족쇄였다.

"전하! 이제 저 오랑캐 후금과 부끄러운 관계를 청산하고, 부모의 나라인 명나라에 대한 의리를 바로 세워야 할 때이옵니다!"

그들의 논의는 숭명배금(崇明排金: '명나라를 숭상하고 후금(청)을 배척한다'는 외교 정책)이라는 낡은 깃발을 다시 높이 내걸었다. 광해군의 '살림의 외교'는 '재조지은을 저버린 배신'으로 낙인찍혔다.

재조지은(再造之恩).

그 말은 단순한 역사적 사실이 아니었다. 그것은 임진왜란의 잿더미 속에서 살아남은 조선 사대부들의 영혼 깊숙이 새겨진 영원한 빚의 낙인이었다. '망해가는 조선을 명이 다시 세워주었다'라는 이 철석같은 믿음은, 17세기 조선의 정신이자 종교였다.

그것은 영원한 종속을 정당화하는 가장 성스러운 사슬이었다.

신료들은 그 사슬에 묶인 채, 명나라가 이미 쇠락하고 있다는 현실, 그리고 후금이라는 거대한 호랑이가 만주 벌판에서 포효하고 있다는 진실을 외면했다. 그들은 스스로 거대한 전쟁의 둑을 허물고 있었다.

하지만 그들이 그토록 섬기고자 했던 명나라의 반응은 냉담했다. 반정 소식을 전해 들은 명나라 조정은 인조를 즉시 왕으로 인정하지 않았다. 오히려 그들은 의심했다.

왕의 책봉을 받기 위해 인조는 사신단을 보내야 했고, 8개월에 걸쳐 애원하고 변명해야 했다. 명나라 관료들 앞에서 몇 번이나 무릎을 꿇었는가.

그것은 치욕이었다. 명분의 대가였다.

'의리를 바로 세우겠다며 일으킨 반정의 결과는, 그 의리의 주인에게 문전박대당하고 머리를 조아리는 굴욕이었다.'

역사는 그들의 명분을 조롱하고 있었다.

한양의 민심은 혼란스러웠다. 궁궐 공사가 중단된 잠시의 안도 뒤에는 더 큰 불안이 밀려왔다.

강화도로 유배된 광해군이 곧 죽임을 당할 것이라는 흉흉한 소문이 파다했다. 사람들은 입 밖에 내지 않았지만, 마음속으로는 알고 있었다. 새로운 왕이 안정되려면, 옛 왕은 죽어야 한다. 그것이 역사의 법칙이었다.

차가운 서리가 내린 한양은 녹지 않고 있었다. 그것은 봄이 아니라 또 다른 겨울의 시작이었다. 더 혹독한 겨울의 전조였다.

끊어진 밀서, 부서진 나침반 (1623년 봄, 율도국)

율도국에 건국 3년의 봄이 찾아왔다. 허균의 꿈이 살아 움직이는 것을 보았으나, 그의 마음 한구석에는 늘 그림자가 드리워져 있었다. 북쪽의 왕, 광해군과의 연결고리는 여전히 일방통행의 기다림 속에 갇혀 있었다.

지난 4년간, 그는 세 차례에 걸쳐 비밀 선단을 보냈다.

첫 번째 선단: 율도국의 독립을 알리고, 포르투갈 상인에게 얻은 신형 '아르케부스' 화승총 10정을 밀서와 함께 보냈다. 두 번째 선단: 율도국의 첫 배당금 지급 성공을 알리며, 막대한 무역 이윤으로 확보한 금괴 50개와 조선의 핵심 수출품이었던 인삼을 보냈다. 세 번째 선단: 명나라와의 외교 성과를 보고하며, 은화 500개와 광해군을 향한 절절한 믿음이 담긴 장편의 편지를 보냈다. 그러나 돌아온 배에는 단 한 번도 답신이 실려 있지 않았다.

허균은 그것을 왕의 신중함이라 여겼다. 왕이 직접 답장을 보내는 것은 위험부담이 컸다. 왕의 침묵은 전략적 침묵이라고, 허균은 스스로를 위로했다.

그 기다림은 구체적인 약속의 형태를 띠고 있었다. 바로 신월의 밤이었다. 허균은 매해 신월의 밤마다 항구에 나가 기다렸다. 그것은 광해군과의 밀담에서 정한 유일한 신호였다. 신월의 밤, 북쪽에서 남쪽으로 오는 배가 있다면, 그것은 왕의 답신을 싣고 오는 배였다.

신월의 밤이 올 때마다, 허균은 항구로 나갔다. 별 없는 하늘. 오직 바다의 소리만이 있었다.

한 번, 두 번, 세 번.

세 번의 가을, 그는 기다렸다. 그리고 매번 빈손으로 돌아왔다.

그러던 어느 날, 네 번째 선단이 돌아왔다. 그리고 그 배와 함께, 금궤(金櫃)가 그대로 귀환했다.

허균은 항구에서 배를 맞이했다. 선단이 입항했을 때, 그는 이미 알고 있었다. 무언가 잘못되었다는 것을.

선단의 책임자가 사색이 된 얼굴로 허균 앞에 엎드렸다.

"대표님… 소인을 죽여주시옵소서."

그의 목소리는 이미 죽어 있었다.

"약조된 장소에서 보름을 기다렸으나, 아무도 나타나지 않았습니다. 신월의 밤도 지났고, 그다음 신월도 지났습니다. 마침내 세 번째 신월에… 폐위된 왕의 부하들이 나타났습니다. 그들은 저희를 향해 이렇게 말했습니다."

선장의 목소리가 떨렸다.

"'왕은 강화도의 감옥에 있다. 더 이상 연락할 수 없다. 이 금궤를… 가져가거라.'"

허균의 심장이 차갑게 내려앉았다. 마치 얼음장 같은 소식이 5년간 타오르던 불길을 꺼뜨리며, 그의 심장을 얼려 죽이는 것만 같았다.

금궤가 그대로 돌아왔다. 그것은 답신이 없는 것과는 차원이 나른 불길한 징조였다. 금궤의 무게는 예전과 같았다. 하지만 그 무게가 더 이상 '희망'이 아니라, '절망'으로 느껴졌다.

연락망이 끊어졌다.

그날 이후, 며칠간의 침묵이 시작되었다. 허균은 집무실에 틀어박혀 아무도 만나지 않았다.

난설헌이 음식을 갖다주었지만, 그는 건드리지 않았다. 장무열이 긴급회의를 요청했지만, 그는 대답하지 않았다. 업동이 밤새 문을 두드렸지만, 그는 문을 열지 않았다.

그는 며칠 밤낮을 텅 빈 벽만을 응시했다. 자신이 율도국에서 쌓은 부가, 저 낡은 조선의 '명분'이라는 광기 앞에서 얼마나 무력한지를 뼈저리게 느꼈다.

율도국은 더 이상 왕의 비밀 임무를 수행하는 전초기지가 아니었다. 그저 망망대해 위에 떠 있는, 아무도 기다리지 않고, 아무도 인정하지 않는 지도 밖의 유령선이 되어버렸다.

그의 정치적 방패막이는 사라졌다. 그는 그제야 깨달았다. 자신이 광해군을 단순한 수단으로 여긴 것이 아니었음을.

그들은 서로에게 부서진 나침반의 나머지 반쪽이었다. 허균이 '불'이라면, 광해군은 그 불길의 방향을 잡아주던 '얼음'이었다.
그 반쪽이 사라지자, 그는 고아가 되었다. 조국에게 두 번 버림받은, 철저한 이방인이 되었다.

그는 무릎을 꿇고 앉아, 자신의 벼루를 바라보았다. 금강산에서 얻은 그 벼루. '율도(律途)'의 법도를 새겼던 그 벼루. 하지만 그것은 이제 어떤 글도 쓸 수 없는, 죽은 도구처럼 느껴졌다. 그리고 마침내, 운명의 소식이 바람을 타고 도착했다.

명나라 상선을 타고 온, 허균과 안면이 있는 늙은 상인이었다.

그는 허균의 집무실에 마주 앉아, 지난봄 한양에서 벌어진 일을 조심스럽게 이야기했다.

"서인 세력이 '폐모살제'와 명나라를 배신한 죄를 물어 군사를 일으켰습니다." "왕이 폐위되었습니다." "새로운 왕, 능양군이 용상에 올랐습니다."

허균의 목소리가 미세하게 떨렸다. 그것은 그가 4년 만에 처음으로 드러낸 감정이었다.

"왕은… 광해군은 어찌 되었소?"

상인은 잠시 침묵했다. 그 침묵 속에서 모든 것이 전해졌다.

"사로잡혀… 지금은 강화도에 유배되어 있다 들었습니다."
"강화도…."

허균의 입에서 그 말이 나왔을 때, 그것은 마치 자신의 관을 못으로 박는 소리처럼 들렸다. 섬 속의 섬. 감옥 속의 감옥.

허균의 세상이 무너져 내리고 있었다.

그는 천천히 일어섰다. 다리에 힘이 풀려 휘청거렸다. 세 번째 시도에서, 그는 간신히 몸을 일으켜 무기고로 향했다.

그곳은 어둠 속에 서늘했다. 수백의 조총, 수십의 대포, 수천의 화약과 탄환. 율도국의 심장이었다.

그는 손을 뻗어, 가장 잘 닦인 조총 한 자루를 집어 들었다. 그의 손이 떨렸다. 하지만 그 손은 조총을 놓지 않았다.

그는 그 조총을 들고, 항구로 나왔다.

"모든 함대를 소집하라."

그의 목소리는 얼음장 같았다.

"이제부터 우리의 나침반은 북쪽이다."

대의인가, 분노인가 (1623년 봄, 율도국 항구)

출정을 알리는 북소리가 율도국을 뒤흔들었다.

'쿵. 쿵. 쿵.'

그것은 3년간의 번영을 축하하던 축제의 북소리가 아니었다. 율도국의 심장이 찢어지는 소리였고, 마침내 '불'이 '얼음'을 잃고 스스로를 태우기 시작하는 굉음이었다.

그 소리는 섬 전역에 퍼져 나갔다. 항구의 노꾼들, 길을 가던 상인들, 밭을 일구던 농민들, 모두가 하던 일을 멈추고, 공포에 질린 눈으로 바다를 바라보았다.

항구엔 판옥선과 개량 쾌속선이 뒤엉켜 칠십여 척의 숲을 이루고, 정예 오천의 병력이 조총과 함포 곁에 서 있었다. 이것은 상단이 아니었다. 한 남자의 분노가 실체를 얻은 전쟁 기계였다.

그들은 북쪽으로, 조선을 향해 뱃머리를 돌리고 있었다.

하지만 병사들의 얼굴에는 의문과 불안이 가득했다. 그들은 신분 없는 나라의 '주인'으로서 배당금을 받고, 율도 헌장을 지키는 '수호자'로 훈련받았다. 조국을 침공하는 '침략자'가 아니었다.

선착장에는 울음소리가 가득했다. 전쟁의 무게가 섬 전체를 짓누르고 있었다. 그것은 무역선 출항의 호각 소리가 아니라, 수백 명의 아내와 아이들이 터뜨리는 작고 절박한 울음이었다.

"돌아오세요!"
"아비… 제발…"
"꼭 돌아오시기를!"

허균은 기함의 갑판 위에서 그 모든 울음소리를 들었다. 그리고 그것을 무시했다.

'강화도 유배', '폐위'. 그가 5년간 기다려온 '얼음'의 왕, 그의 유일한 동맹이자 부서진 나침반의 반쪽이었던 광해군이 몰락했다는 소식은, 그의 이성을 남김없이 불태웠다.

그 울음소리는 그의 기억을 헤집었다.
1618년, 형장의 기만극이 벌어지던 날, 자신의 거짓 죽음 앞에서 울부짖던 백성들의 소리와 겹쳐졌다. 그때는 그들을 구하기 위한 거짓이었으나, 지금은 이들을 사지로 모는 진실이었다.

혁명가는 개인의 감정을 포기해야 한다. 그것이 허균이 자신에게 내린 명령이었다.

허균은 기함의 가장 깊은 선실로 들어가, 자신과의 고뇌 속으로 침잠했다. 방 안은 북소리의 진동으로 가득 차, 숨이 막힐 듯했다.

그는 자신의 벼루를 만졌다. 금강산에서 얻은 벼루. 율도 헌장의 초안을 썼던 벼루. 그것은 이제 그의 영혼과 정당성 모두를 기울인 거대한 도박의 증표였다.
그는 그 차가운 벼루를 돌리고, 또 돌렸다.

'나는… 세상을 바꾸기 위해 이 길을 택하는가? 아니면, 나를 짓밟고 나의 유일한 동지를 삼켜버린 낡은 세상에 복수하기 위해 이 길을 가는가?'

그는 자신도 몰랐다. 자신의 불길이 분노인지 광기인지, 경계는 너무 가까웠다. 손끝에서 벼루가 식어 갔다.

그때, 문이 열렸다. 차가운 바다 공기가 훅 끼쳐 들어오며, 방 안의 뜨거운 긴장을 식혔다. 난설헌이 들어섰다. 그녀의 눈은 오라비의 광기를 향한 절망으로 빛났다. 그녀는 율도국의 미학적 양심이자, '바다' 그 자체였다.

"오라버니, 이 광기를 멈추십시오."

그녀의 목소리는 차분했으나, 그 안에는 강철 같은 단호함이 실려 있었다.

"이 함대는 율도를 지키기 위해 만든 군대이지, 오라버니의 분노를 실어 나르기 위한 칼이 아닙니다. 장무열이, 그리고 이 섬의 '수성파'가 막으려 했던 것이 바로 이것입니다. 처음의 칼은 방패였지만, 끝의 칼은 주인을 겨눕니다. 오라버니는 지금, 길 밖으로 나가고 계십니다."

그녀의 시선이 오라비의 얼굴에서 갑옷의 흉갑으로 옮겨갔다. 그녀는 그 철갑 속에 숨은 인간의 숨결을 찾고 있었다.

"우리는 복수를 하러 가는 것입니다. 오라버니의 눈빛은 이미 '혁명가'가 아닙니다. 낡은 세상을 파괴하려는 '광신도'의 눈빛입니다."

"다르다!"

허균의 목소리가 폭발했다. 주먹이 탁자를 내리치자, 벼루가 둔탁한 소리를 내며 굴렀다. 이상과 현실의 갈등이 누이의 입을 통해 터져 나오자, 그는 떨었다.

"그들은 낡은 것을 지키기 위해 칼을 들었고, 나는 새로운 것을 세우기 위해 칼을 드는 것이다! 그들은 '명분'이라는 시체를 지키기 위해 나의 왕을 죽였으나, 나는 '실리'라는 생명을 지키기 위해 칼을 든 것이다! 내가 가는 길은 창조를 위한 불가피한 폭력이다!"

"그 새로운 것을 위해 얼마나 많은 피를 흘려야 합니까?" 난설헌이 한발 다가섰다. 그녀의 손이 미세하게 떨리고 있었다.

"항구에서 울고 있는 저 병사들의 피입니까? 아니면, 저들을 막아설 무고한 조선 백성들의 피입니까? 그것도 오라버니의 '대의'를 위한 선택입니까? 배당의 몫을 내어주던 저 여든의 노파가, 그 몫을 이 칼에 주라고 내어준 건 아니었습니다!"

"그들은 무고하지 않다! 그들은 낡은 체제의 일부다! 그 낡은 명분을 지탱하는 뿌리다!"

"오라버니…"

난설헌의 목소리가 절망으로 갈라졌다. "그 말씀은 오라버니가 혐오했던 사대부들의 논리와 다르지 않습니다. 그 말씀은… 광신도의 논리입니다."

난설헌이 손을 뻗어 오라비의 차가운 흉갑에 닿았다.

"북쪽으로의 출정은 오라버니의 분노입니까, 아니면 우리가 맹세했던 율도국의 대의입니까?"

그 질문 속에는 시대의 근본적인 딜레마가 있었다. 혁명은 정당한가? 폭력은 정의의 형태가 될 수 있는가?

허균은 지독한 고통 속에서, 누이의 손을 바라보았다. 그의 시선은 텅 비어 있었다. 그는 스스로에게 내리는 저주와도 같은 고백을 나직이 읊조렸다.

"나침반이… 부서졌다."
"나의 길을 비추던 유일한 별이 떨어졌다."

그는 천천히 의자에 앉았다. 4년간 율도국을 이끌던 '대표'가, 이제는 한 명의 절망한 인간이 되어 있었다. '얼음'의 왕 광해군이 사라지자, '불'의 혁명가 허균은 방향을 잃고 제 자신을 태우고 있었다.

그는 누이의 손을, 흉갑 위에서 조용히 치웠다. "이제 내 심장이 가리키는 곳으로 간다."

그는 일어섰다. 절망한 인간이 아니었다. 모든 것을 받아들인 파괴자였다. "설사 그 끝이 지옥이라 할지라도."

그것은 대답이자 동시에, 스스로에게 내리는 저주와도 같은 고백이었다.

난설헌은 오라비의 실패를 예감했다. 그 예감은 단순한 걱정이 아니라, 역사적 필연성에 대한 깨달음이었다.

혁명가가 광신도가 되는 순간, 역사는 고개를 돌린다. 광해군을 구하려는 전쟁이 아니라, 자신의 분노를 정당화하는 전쟁이 되는 순간, 그것은 또 다른 폭력이 될 뿐이었다.

그러나 동시에, 난설헌은 알고 있었다. 그 실패가 율도국을 구원할 마지막 시험대가 되리라는 것을. 실패 속에서만, 혁명은 진정한 의미를 얻는다.

그녀는 쿵쿵 울리는 북소리를 뒤로하고 선실을 나왔다. 포구의 바람이 그녀의 옷자락을 잡아당겼다. 바람이 깃발을 뒤틀었고, 파도는 한 박 늦게 따라 울었다. 난설헌이 눈을 감았을 때, 바다가, 불을 떠나보내고 있었다.

명분과의 전쟁: 조롱받는 재조지은 (1623년 봄, 기함 갑판)

허균은 기함의 갑판 위에서 마지막 출정 준비를 지휘했다. 새벽의 동해는 아직 어둠에 잠겨 있었고, 바람은 피처럼 차가웠다. 그 바람이 그의 갑옷을 스치며 귓가에 속삭였다. 난설헌의 목소리였다.

'오라버니… 그 말씀은… 광신도의 논리입니다.'

그는 그 말을 떨쳐낼 수 없었다. 그녀의 얼굴이, 그녀의 눈빛이, 여전히 벼루 위의 먹처럼 번지고 있었다.

그의 심장은 '부서진 나침반'의 고통으로 여전히 시렸다. 그러나 그는 그 고통을, 그 절망을, 벼루에 먹을 갈듯 갈아내기로 했다. 혁명은 뜨거운 분노를 차가운 이념으로 벼려낼 때만 성공한다. 그의 분노는 더 이상 감정이 아니었다. 이제 그것은 신념이었다. 혹은 신념이라 믿고 싶은 광기였다.

그는 출정을 앞둔 율도국 장교단 전원, 50명의 장교를 불러 모았다. 그들 대부분은 조선에서 '사조의 족쇄'에 묶여 모든 기회와 재능을 박탈당한 서얼 출신들이었다. 핏줄 때문에 평생 '항민(恒民: '항상(恒) 있는 백성(民)'이라는 뜻. 낡은 질서에 순응하며 억압을 묵인하는 다수의 백성을 가리킴)' 혹은 '원민(怨民: '원망(怨)하는 백성(民)'. 지배층의 가혹한 수탈과 착취에 고통받으며 나라와 왕조에 대한 불만을 품고 저항할 가능성이 있는 백성)'으로 살아야 했던 자들. 그러나 이 섬에서 그들은 '호민(豪民)'이 되었다. 허균의 사상처럼, 스스로의 힘으로 일어선 자들. 그들은 자신들의 능력이 인정받는 세상을 처음 보았다.

갑판 위로 차가운 해무가 밀려들었다. 그 안에서 허균이 입을 열었다. 목소리는 쉰 듯 탁했으나, 그 무게는 모든 바람을 멎게 했다.

"우리가 지금 북쪽으로 가는 것은, 폐위된 광해군 개인을 구하기 위함이 아니다!"

그의 음성에 장교들 사이로 낮은 술렁임이 일었다. '왕을 구하지 않는 전쟁이라면, 우리는 무엇을 향해 가는가?' 한 장교가 불안한 듯 턱을 매만졌다.

허균은 잠시 눈을 감았다. 난설헌의 목소리가 한 줄기 바람처럼 스쳤다. 그는 짧게 숨을 내쉬고, 말을 이었다.

"광해군은 실리를 추구했지만, 끝내 조선의 낡은 법도에 무릎 꿇은 실패한 왕이다. 우리가 싸우는 것은 그를 몰아낸 새로운 체제, 인조와 그를 등에 업은 서인 세력의 맹목적인 명분이다!"

그는 걸음을 옮기며 손으로 허공을 가르며 외쳤다. "저들이 내세우는 명분이란 무엇인가! 임진왜란 때 명나라가 베푼 은혜, 재조지은이다!"

그 말에 장교들 중 몇몇이 움찔했다. 그들에게 재조지은은 단순한 외교 용어가 아니었다. 그것은 임진왜란의 잿더미 속에서 나라를 다시 세워준, 아버지의 피로 배운 종교이자 신념 그 자체였다.

한 장교는 눈을 떼지 못한 채, 아버지의 죽음을 떠올렸다. 명군과 함께 싸우다 장렬히 전사한 아버지. 그에게 재조지은은 신념이자, 동시에 죄의 굴레였다.

"그 '다시 나라를 세워준 은혜'라는 영원한 빚의 낙인 때문에, 우리는 짐승처럼 꿇어앉아 북방의 호랑이에게 돌을 던진다. 그리하여 나라를 다시 위험에 빠뜨리는 것! 그것이 의거인가?"

그는 허공에 주먹을 휘둘렀다. 쿵, 하고 파도가 배 밑을 쳤다. 북소리가 그 파도를 따라 울었다.

"천만에! 당신들의 명분은, 썩어가는 국가의 시신을 덮는 비단 이

불에 불과하다!"

그의 절규가 새벽 공기를 찢었다. 장교들의 눈빛이 하나둘 바뀌어 갔다. 경악에서, 분노로, 그리고 결의로.

"저들은 자신들의 기득권을 지키기 위해, 노비와 서얼을 짓밟는 낡은 법도를 붙잡고 있다! 광해군을 끌어내린 이유가 무엇인가! '폐모살제'는 명분일 뿐, 그들의 진짜 공포는 광해군이 나의 '유재론(遺才論: 허균의 사상 중 하나로, 재능 있는 인재를 신분과 관계없이 등용해야 한다는 주장)'을 받아들여, 핏줄이 아닌 능력으로 인재를 쓰려했기 때문이다!"

허균의 목소리는 어느새 떨리고 있었다. 그 떨림은 분노였으나, 그 안에 미세한 고통의 음이 섞여 있었다.

"그들은 '항민'과 '원민'은 두려워하지 않는다. 그러나 스스로의 힘으로 일어선 우리, '호민(豪民)'은 그들에게 가장 큰 공포다! 그들이 재조지은이라 부르는 것은, 그들의 무능과 게으름을 덮는 가장 화려한 거짓말이다!"

그의 말이 멎자, 파도만이 응답하듯 배 밑을 두드렸다. 한 장교가 참지 못하고 흐느꼈다. 평생 서얼이라 불리며 짓밟힌 울분이었다. 아버지를 재조지은의 제물로 바쳤던 그 상교는, 신념이 무너진 얼굴로 고개를 숙였다. 또 다른 이는 미소를 지었다. 오래 묻혔던 분노가 비로소 이름을 얻은 듯이.

"나는 이 전쟁을 통해 조선 백성들에게 하나의 진실을 보여줄 것이다."

허균의 목소리가 낮아졌지만, 그 울림은 깊었다.

"능력으로 세운 율도국이, 명분으로 갇힌 조선보다 천 배 강하다는 사실. 우리는 저들이 신성하게 모시는 낡은 법도(律)의 경로(途)를 파괴하러 가는 것이다!"

그 말은 선언이자, 자기 최면이었다. 그의 이성은 단단했지만, 그 밑에서는 불길이 일렁이고 있었다. 장교들은 일제히 조총을 들어 하늘로 향했다.

"율도! 율도! 율도!"

그 함성은 복수가 아닌, 스스로의 존재를 증명하려는 인간의 울음이었다.

그 소리가 멎자, 바다 위에는 잠시 정적이 흘렀다. 배가 항구를 떠날 때, 그의 손에는 금강산의 벼루가 들려 있었다. 새벽빛이 그 표면을 스치자, 순간 그는 그녀의 눈물을 본 듯했다.

그것은 더 이상 예술의 도구가 아니었다. 혁명의 무기였으나, 동시에 아직 식지 않은 양심의 잔열이기도 했다.

그는 그 벼루를 가만히 내려다보았다. 벼루 위의 먹빛이 파도에 흔들렸다. 그 속에서 난설헌의 목소리가 희미하게 울렸다. '오라버니… 그 길의 끝에는 무엇이 있습니까.'

허균은 잠시 눈을 감았다. 그의 입가에 미묘한 미소가 스쳤다. 그 미소가 자부였는지, 체념이었는지는 그 자신도 알 수 없었다.

'그래, 이것은 광기다. 하지만 나의 광기가 저들의 명분보다 더 고결하리라.'

그는 스스로에게 그렇게 중얼거렸다. 그러나 그 말이 위로인지 고백인지, 그조차 분간할 수 없었다.

새벽이 깨어났다. 빛은 바다 위에 번졌고, 함대는 북쪽으로 미끄러지듯 나아갔다. 그들의 앞에는 아직 보이지 않는 피의 아침이 기다리고 있었다.

해방자인가, 침략자인가 (1623년 음력 6월, 동해 해상)

율도국 함대는 동해의 새벽안개를 가르며 북상했다. 파도는 무겁고, 바람은 냉혹했다. 바다는 그들을 반기지 않았다. 마치 자신이 낳은 아들을 되돌려보내길 거부하는 어머니처럼, 파도는 배의 용골(龍骨: 배의 바닥 중앙을 뱃머리에서부터 꼬리까지 꿰뚫는 가장 긴 주요 부재. 배의 뼈대)을 무심히, 그리고 끊임없이 두드렸다.

허균은 기함의 현물(舷物: 배의 뱃전에 걸쳐 놓은 나무나 널빤지. 배의 측면 난간을 뜻함)에 서 있었다. 해안이 가까워질수록, 그는 점점 더 자신이 낯선 존재가 되어감을 느꼈다. 안개가 그의 갑옷을 축축하게 적셨다.

"나는 돌아온 것이 아니다." 그의 입에서 새어 나온 독백은 안개 속으로 흩어졌다. "나는… 돌아갈 수 없는 자다."

그의 눈앞에 마침내 고향 강릉의 해안선이 희미하게 모습을 드러냈다. 그가 다섯 살 때부터 보아온 바다. 그러나 그 바다는 이제 아무 말도 걸어오지 않았다.

모래사장 위의 마을은, 그에게 손을 흔드는 대신 회색빛 연기처럼 안개 속에 잠겨 있었다. 그는 유령이 되어 돌아왔다. 아니, 유령이 되길 거부했기에, 더욱 유령이 되었다.

상륙

"상륙하라." 그의 명령은 무표정했다. 격렬했던 열변은 차갑게 식어, 단단한 강철이 되어 있었다.

수십 척의 상륙정이 안개를 뚫고 해안으로 밀려갔다. 그러나 그곳에는 이미 강릉 부사 이하 수백의 관군이 진을 치고 있었다. 낡은 화승총을 든 자, 녹슨 창을 든 자, 그리고 그들 뒤에는 돌멩이를 쥔 백성들이 겁에 질린 눈으로 서 있었다.

한 노인이 떨리는 손으로 아들의 어깨를 잡았다.

"저놈들은 누구냐?"
"아버지, 역적 허균의 군대랍니다."
"역적이라… 그 허균이?"
"예, 글을 쓰던 자라 하옵니다."

"글을 쓰던 자가 어찌 총을 드나."

노인의 눈에 이슬이 맺혔다. 그는 두려움보다 이해할 수 없는 슬픔을 느꼈다.

강릉 부사는 창끝을 하늘로 들어 올렸다. 그의 눈에는 피눈물이 맺혀 있었다. 그는 인조의 교서, 즉 광해군의 36가지 죄목이 적힌 종이를 굳게 쥐고 외쳤다.

"저들은 폐모살제를 일삼은 패륜의 무리요, 재조지은을 저버린 역적들이다! 나라를 다시 세운 은혜를 배신한 자들이다!"

그의 목소리는 바람에 섞여 부서졌다. 그러나 병사들은 그 부서진 소리를 붙잡고 방아쇠를 당겼다. 탁! 탁! 탁! 조선의 낡은 조총이 비명을 질렀다.

첫 피

율도국 병사들이 쓰러졌다. 허균은 망원경을 들었다. 율도국의 깃발을 든 기수가, 열일곱 살 소년 병사가, 가슴에 낡은 조선의 총탄을 맞고 모래밭에 무너지는 것을 보았다. 율도에서 태어나 '자유'를 호흡했던 소년이었다.

그들은 '자유의 군대'의 이름으로 이 땅을 밟았지만, 이 첫 피가 그 자유의 서문이 될 줄은 몰랐다.

"후퇴하지 마라! 진형을 갖춰라!" 율도국 장교의 외침이 뒤섞였다. 해안선에서 화약 냄새가 솟구쳤다. 바다는 순식간에 연기로 뒤덮였다.

허균의 심장이 멎었다. 그가 본 것은 단 하나였다. 조선 백성들이, 자신이 '구원하겠다'고 외쳤던 그 백성들이, 자신을 향해 총을 쏘고 있었다.

그 순간 그의 심장이 멎었다. 그의 '호민론(豪民論)'이 무너지는 소리가, 바다의 포성보다 더 크게 그의 머릿속을 때렸다.

"그들이… 나를 적이라 부른다." 그는 잠시 말이 없었다. 입술이 희미하게 떨렸다. "내가 해방시키려는 자들이, 내게서 해방을 두려워한다." 그는 그 사실을 이해할 수 없었다. 아니, 이해하기를 거부했다.

파도와 불꽃

"반격하라." 허균의 목소리는 이제 얼음이 되어 있었다.

율도국의 포병대가 깃발을 내렸다. 조선 관군이 낡은 화승총에 화약과 탄환을 쑤셔 넣는 그 찰나의 순간, 율도국 병사들은 일렬로 늘어서서, 어깨에 멘 포르투갈식 '아르케부스' 조총을 들어 올렸다.

"제1열, 발사!"

천지를 찢는 굉음. 수백 개의 총구에서 일제히 뿜어져 나온 불꽃은 안개 속에 흩어지는 별이 아니었다. 그것은 하나의 거대한 불벼락이었다.

조선 관군의 앞줄이, 마치 거대한 파도에 휩쓸린 모래성처럼, 형체도 없이 사라졌다.

"제2열, 발사!"

조선 관군이 미처 비명조차 지르지 못하는 사이, 율도국의 2열이 기계처럼 정확하게 불을 뿜었다. 그것은 전투가 아니었다. 율도국이 5년간 벼려온 '시스템'이, 조선의 '명분'을 일방적으로 도살하는 과정이었다.

한 청년 병사는 배를 움켜쥔 채 쓰러지며 마지막으로 중얼거렸다. "아버지, 나도 나라를 지켰소." 강릉 부사는 눈앞의 광경을 믿지 못했다. 그는 종이를 쥔 손으로 하늘을 향해 외쳤다. "명분은… 아직 살아 있다!"

그러나 그 외침은 세 번째 대포 소리에 묻혔다. 그의 입에서 피가 흘렀다. 전투는 1시간도 채 가지 않았다. 학살이었다.

침묵의 도시

허균은 전투가 끝난 후, 강릉 관아의 대청에 홀로 섰다. 모래사장은 피로 얼룩졌고, 파도는 그 피를 조금씩 삼켜가고 있었다. 반나절 만에 고향은 그의 손아귀에 들어왔다.

그러나 그 어떤 승리감도 느껴지지 않았다. 성안은 쥐 죽은 듯 고요했다. 문은 닫히고, 굴뚝의 연기조차 멎었다. 백성들은 담장 너머로 이 낯선 군대를 훔쳐보았다. 그들의 눈에는 기쁨이 없었다. 그들의 눈에는 오직 공포만이 있었다.

한 아이가 어머니의 치마를 잡아당겼다. "엄마, 저 사람들… 조선 사람 맞아?" 그녀는 대답하지 못했다. "모르겠다… 이제 모르겠구나."

허균은 그 대화를 들었다. 그는 대청마루 바닥에 고인 핏자국을 내려다보았다. 그 붉은 거울 속에 비친 것은, 출정하던 혁명가의 얼굴이 아니었다. 그저 피에 젖은 침략자의 얼굴이 있었다.

그의 손이 떨렸다. 그는 문득 자신의 손을 내려다보았다. 검붉은 피가 묻어 있었다. 그 피가 율도국 소년의 것인지, 조선의 청년 병사 것인지 알 수 없었다.

그는 천천히 손을 펴며 중얼거렸다. "이 손은, 언제부터 펜이 아니라 칼을 쥐게 되었나."

그 피의 거울 깊은 곳에서, 그가 품고 온 금강산의 벼루가 산산이 부서져 내리고 있었다.

붉은 바다

그날 밤, 허균은 해변에 홀로 나와 앉았다. 달빛이 피 묻은 파도 위에 비쳤다.

그는 속삭였다. "나는 해방자인가, 침략자인가."

바다는 대답하지 않았다. 다만 그가 조국에 퍼부었던 그 모든 '이

넘'과, 방금 전 모래사장에 쏟아진 '피'를, 똑같은 무게로 집어삼키고 있었다. 멀리서 병사들이 전승의 노래를 부르고 있었다. 그러나 그 노래는 허균의 귀에 울음처럼 들렸다.

그는 하늘을 올려다보았다. 별 하나가 바다 위로 떨어졌다. 그 순간, 그는 알았다. 혁명은 별처럼 타올라야 하지만, 언제나 바다에 떨어져 사라진다는 것을.

그의 목소리가 바람에 묻혀 사라졌다. "내가 세운 나라는, 이미 피 위에 서 있구나."

새벽이 왔다. 바다는 다시 잔잔했다. 그러나 그 잔잔함은 평화가 아니라, 모든 죽음을 덮어버린 침묵의 평화였다.

허균은 해안의 피를 밟으며 걸었다. 그의 발자국마다 붉은 물결이 일었다. 그는 자신이 남기는 그 발자국이, 언젠가 또 다른 혁명가의 눈에 '자유의 길'로 보이리란 사실을 모른 채, 그저 무겁게 걸어갔다.

거짓 환호: 민심의 동요 (1623년 음력 6월, 강릉 시내)

강릉 관아에 율도국의 삼색(三色) 깃발이 설린 오후, 햇살은 눈부시게 쏟아졌으나 공기는 이상하게 눅눅했다. 초여름의 습기가 어제 해변에서 말라붙지 못한 피 냄새와, 불탄 관아의 재 냄새를 싣고 도시 전체를 불길하게 감돌았다.

그 정적을 깬 것은 조심스러운 발소리였다.

백성들이 광장으로 몰려나오기 시작했다. 그들은 처음엔 쥐 죽은 듯 숨어, 붉은 깃발 아래 선 낯선 군인들의 조총 끝을 두려워했다. 하지만 누군가 "율도국 장군이 쌀을 푼다!"라고 외치자, 굶주림이 공포를 이겼다. 곧이어 "저들은 역적이 아니라, 우리를 해방하러 온 군대다!"라는 말이 불길처럼 번졌다.

그들 대부분은 가난했다. 세금을 내고도 굶주리는 농민, 빚에 쫓겨 아내를 내다 팔 뻔한 상인, 관청에서 부당하게 해직된 서리, 그리고 이름조차 없이 살아온 노비들. 그들에겐 더 잃을 것도, 지킬 것도 없었다. 오직 '바뀌길 바라는 마음' 하나만 남아 있었다.

"나으리! 정말 우리를 구하러 오신 거죠?" "신분이 없는 나라라 하셨다지요? 저희도 거기서 살 수 있습니까?" 한 사내가 무릎을 꿇고 울부짖었다. "제 아비는 세금 때문에 목을 맸습니다. 그 억울함을 풀어주십시오!"

허균은 광장의 단상 위에 섰다. 그들의 목소리가 바다처럼 밀려왔다. 그는 그 파도에 휩싸이며, 가슴 속에서 오래 묵은 무언가가 울컥 솟아올랐다. 차갑게 식었던 심장이 다시 뛰는 듯했다. 난설헌에게 절규했던 자신의 대의가, 드디어 응답받는 듯했다.

오랜 망명 끝에, 자신이 꿈꾸던 '호민(豪民)의 세상'이 드디어 현실이 된 듯했다. 그는 손을 들었다.

"우리가 온 이유는 단 하나다. 낡은 세상을 무너뜨리고, 새로운 세상을 세우기 위함이다!"

순간, 광장은 폭발했다. "율도! 율도! 율도!" 수백의 목소리가 진동하며 성벽에 부딪혀 메아리쳤다. 허균은 그 소리를 들으며 잠시 눈을 감았다. 그 울림은 마치 하늘이 자신에게 응답하는 듯했다. 그는 속으로 말했다. '들리는가, 난설헌. 이것이 민심이다. 내가 옳았다는 증거가 눈앞에 있다.'

그러나 그 환호는 길지 않았다.

광장의 한쪽에서 거칠고 낮은 목소리가 들렸다. "저자는 역적이다!" 모두가 고개를 돌렸다. 양반 유림(儒林: 유학을 연구하고 실천하는 학자들의 집단)들이었다. 하얗게 질린 얼굴로 도포를 여민 그들은, 율도국 병사들의 칼날 앞에서도 당당히 군중 속으로 파고들며 외쳤다.

"저자는 왕을 거역한 자요, 하늘의 법도를 부정한 자다!" 그들의 목소리는 단호했지만, 어딘가 떨렸다. 그들은 알고 있었다. 이 혁명이 성공하면 자신들의 시대가 끝난다는 것을. 그러나 그 두려움은, 그들의 외침을 오히려 더 강하게 만들었다.

한 늙은 유림이 지팡이로 바닥을 내리치며, 환호하던 농민들을 꾸짖었다. "어리석은 것들! 신분이 없는 세상이라니, 그것은 하늘의 질서를 거스르는 짐승의 세상이다! 저자가 말하는 '능력'이 무엇인지 아느냐? 흉년이 들었을 때 힘센 놈이 약한 놈의 것을 빼앗는 것이 능력이다! 늙고 병든 너희를 버리는 것이 능력이다! 우리가 지켜온 '질서'만이 너희를 지켜주는 울타리거늘!"

그 말들이 허공을 갈랐다. 환호하던 군중이 움찔했다. 노인은 눈을 깜박였고, 젊은 농부는 주먹을 쥔 손을 천천히 내렸다. 그의 옆에서 상인이 중얼거렸다. "자유라… 그게 밥이 되나? 질서가 무너지면 사쓰마 놈들보다 저들이 더 무섭지 않겠는가?"

한 노파가 떨리는 목소리로 아들에게 속삭였다. "얘야, 저분이 우리를 구해준다지만… 그럼 우린 어디로 가야 하니?" 그의 눈에는 오랜 세월 익숙해진 두려움이 서려 있었다. 그 두려움은 굶주림보다 더 깊고, 절망보다 더 오래된 것이었다.

허균은 그들의 얼굴을 바라보았다. 처음엔 환희로 빛나던 눈들이, 이제는 불안으로 흐려져 있었다. 그는 그 변화의 결을 정확히 느꼈다. 환호의 온도가 식어가는 순간, 그는 알았다. 자신이 세우려는 세상은 이들의 마음을 감당할 수 없음을.

그는 다시 외쳤다. "너희는 하늘의 자식이 아니다! 너희는 너희 자신으로 태어난 인간이다!" 그러나 그 말은 더 이상 닿지 않았다. 사람들의 귀에는 '혁명'이 아니라 '혼돈'으로 들렸다. 그들에겐 자유보다 익숙한 질서가, 이상보다 익숙한 굴종이 필요했다.

군중 사이에 웅성거림이 일었다.

"저자는 오랑캐의 군대와 손잡은 자라 하오!"
"율도국은 이민족의 나라요!"
"이 자는 조선을 망치려는 괴물이다!"

그 목소리들이 물결처럼 번지며, 광장은 점점 혼돈으로 변했다.

누군가는 눈물을 닦았고, 누군가는 분노에 돌을 들었다. 단 한낮 사이에, 혁명의 광장은 다시 공포의 장으로 바뀌었다.

허균은 그 모습을 바라보며, 천천히 미소를 지었다. 하지만 그 미소는 고통이었다. 그는 속으로 중얼거렸다. "환호는 굶주림에서 나오고, 공포는 질서에서 나온다." 그는 이제 안다. 인간은 자유를 원하지 않는다. 그들은 예측 가능한 굴종을, 낯선 자유보다 더 안전하다고 느낀다. 그들이 사랑한 사슬이었다.

그 순간, 허균의 손이 떨렸다. 그는 군중을 향해 내밀었던 손을 천천히 거두었다. 손끝에는 아직도 햇살이 닿아 있었지만, 그 온기는 이미 식어 있었다. 그는 깨달았다. 자신이 5년간 세운 율도국의 이상(理想)이, 저들의 익숙한 감옥보다 매력적이지 못하다는 사실을. 자신의 '호민론'이, '항민'의 관성을 뚫지 못했음을.

바람이 불었다. 광장의 붉은 깃발이 펄럭이며 그림자를 늘였다. 그 깃발 중앙의 '저울'이 마치 그들을 비웃는 듯 흔들렸다. 노을빛이 허균의 얼굴을 덮었다. 그의 눈동자 속에는, 자신이 꿈꾼 나라의 색이 아니라, 무너진 신념의 잿빛만이 남아있었다.

그는 마지막으로 속삭였다. "혁… 인간을 구하지 못한다. 다만 인간의 어둠을 드러낼 뿐이다."

그 말과 함께 바람이 스쳐 지나갔다. 광장은 다시 침묵 속에 잠겼다. 환호의 잔향만이 허공에 부유했다. 그것은 이미 사라진 이상(理想)의 메아리였다.

고향이라는 이름의 성벽 (1623년 음력 6월, 강릉 관아)

강릉 관아에 율도국의 삼색(三色) 깃발이 걸린 지 이틀째. 도시는 정복된 듯 고요했으나, 그 고요는 죽음의 정적이 아니라 거대한 불안이 숨죽인 맥박이었다. 그 거짓 환호가 썰물처럼 빠져나간 광장은 텅 비었고, 이제 성벽 안을 감도는 것은 불길한 침묵뿐이었다.

새벽마다 바다에서 불어오는 해풍이 관아의 벽 사이를 스치며 울부짖었다. 그 바람 속에는 꺾인 조선 관군의 원혼과 등을 돌린 백성들의 낮은 탄식이 뒤섞여 있었다.

허균은 관아의 방 한가운데, 촛불도 켜지 않은 채 홀로 앉아 있었다. 탁자 위에는 벼루와 종이, 그리고 미처 다 써지지 못한 문장이 얼어붙어 있었다.

'천하에 두려워해야 할 바는 오직 백성(民)일 뿐이다.'

그는 붓을 멈추었다. 먹빛이 종이 위에서 천천히 번졌다. 그 번짐은 모래사장을 적시던 피가, 이제 그의 신념이 적힌 종이 위로 스며드는 것처럼 느리면서도, 돌이킬 수 없이 깊었다.

허균은 그 문장을 오래 바라보았다. 그것은 한때 그를 움직인 신념이자, 지금은 그를 무너뜨리는 저주였다. 그는 깨달았다. 자신이 두려워해야 할 백성은 항쟁하는 '원민(怨民)'이 아니라, 스스로를 구속하는 '항민(恒民)'이었다.

혁명은 제도를 무너뜨릴 수 있어도, 영혼 속에 깊이 뿌리박힌 사슬은 끊을 수 없었다.

그의 머릿속에 광장에서 보았던 한 노파의 얼굴이 떠올랐다. 환호하던 그녀가, 유림의 "질서"라는 말 한마디에 공포로 질려버린 그 얼굴. 그것은 조선의 수많은 어머니의 얼굴이었다. "순응은 생존이야, 애야. 불만은 벌을 부른단다." 그 체념의 노래는 자장가가 되어 수백 년 동안 아이들의 귀에 속삭여 왔다.

허균은 손으로 관아의 차가운 벽을 짚었다. 그 벽은 돌로 쌓인 것이 아니라, 수백 년간 이어진 세대의 순종으로 다져진 것이었다. 그는 깨달았다. 이 고향은 성벽이자 무덤이었다.

그 성벽은 신분제의 틀로 세워졌지만, 이제는 사람들의 영혼 속에 이식되어 있었다. 노비의 자식은 자신의 굴레를 숙명처럼 받아들였고, 양반의 자식은 자신이 지배하도록 태어났다고 믿었다. 그 믿음은 잔혹했지만, 동시에 안정이었다.

예측 가능한 고통이, 불확실한 자유보다 덜 무서웠다.

허균은 손으로 자신의 가슴을 눌렀다. 그곳에는 혁명의 심장이 아니라, 차갑게 식어가는 절망의 맥박이 뛰고 있었다.

그는 속삭였다. "그들은 나를 두려워하지 않았다. 나의 칼이 아니라, 나의 말이 그들을 두렵게 했다."

그는 이해했다. 자유는 모든 인간에게 주어진 축복이 아니라, 견

디기 어려운 짐이었다. 그들이 나를 거부한 이유는 배신이 아니라 본능이었다.

그는 조용히 웃었다. 그 웃음은 비웃음이 아니라, 자신의 오만을 깨달은 패배자의 자각이었다. 그토록 맹렬하게 외쳤던 '유재론'과 '호민론'이, 이 '항민(恒民)의 관성' 앞에서 얼마나 무력했는가. 그는 다시 붓을 들어, 멈췄던 문장 아래에 적었다.

'칼은 육체를 지배하지만, 언어는 영혼을 지배한다.'

혁명은 실패했다. 군사적 승리는 무의미했다. 하지만 아직 언어가 남아있었다. 그는 이제 칼을 내려놓고, 마지막으로 말을 던지기로 했다. 이것이 그의 최후의 전투였다.

이른 새벽, 경포의 바다는 숨을 죽이고 있었다. 바람이 싸늘하게 불어, 모래 위 피를 말렸다. 그 피는 색을 잃었지만, 냄새는 남아있었다. 그 냄새는 아직 살아 있는 진실처럼 그의 코를 찔렀다.

율도국의 병사들이 해안에 경계를 쳤고, 강릉의 백성들이 하나둘 모여들었다. 그들의 얼굴은 공포와 기대가 뒤섞여 있었다. 어제의 피를 목격한 자들, 그러나 오늘의 기적을 기다리는 자들이었다.

허균은 병사들의 만류를 뿌리치고, 군중 앞에 홀로 섰다. 그의 이마에는 백성들이 던진 돌의 자국이 붉게 남아있었다. 그는 그 상처를 감추지 않았다. 그것은 자신의 교만이 낳은 표식이자, 민심의 낙인이었다.

그의 등 뒤로 바다가 있었다. 파도가 그를 향해 부서졌다. 그 물결은 "돌아가라"고 외치는 듯했고, 동시에 "끝까지 서라"고 속삭이는 듯했다.

허균은 군중을 바라보았다. 그들의 눈빛은 복잡했다. 어제의 해방자는 오늘의 침략자였고, 오늘의 구원은 내일의 혼돈이었다.

그는 천천히 입을 열었다. 목소리는 낮고 거칠었지만, 해풍을 뚫고 나갈 만큼 단단했다.

"나는 너희를 해방시키려 했다. 그러나 이제 안다. 너희는 해방을 두려워했다."

그는 고개를 들었다. "너희는 굶주림보다 혼돈을, 고통보다 예측을, 자유보다 질서를 사랑했다."

한 노파가 눈을 내리깔았다. 젊은 농부는 아내의 손을 꽉 잡았다. 한 소년은 모래 위에 '율도'라 적었다가, 파도가 덮자 그대로 지워졌다.

허균은 그 장면을 바라보았다. 그것이 혁명의 결말이었다. 그는 미소 지었다. 이번엔 담담했다.

"나는 고향으로 돌아왔다. 그러나 이곳은 더 이상 내 고향이 아니다. 내 고향은 인간의 영혼 속에 세워질 또 다른 나라다."

그의 말에 바람이 세차게 불었다. 삼색 깃발이 펄럭이며 뒤엉켰다. 푸른색은 희망, 흰색은 순수, 붉은색은 피였다. 세 색이 한순간

섞이며 잿빛이 되었다.

허균은 파도를 향해 걸었다. 물결이 그의 발목을 덮고, 종아리를 삼켰다. 그는 마지막으로 하늘을 올려다보았다. 그 하늘은 고향의 하늘이었으나, 그 아래의 세상은 더 이상 그의 세상이 아니었다.

그는 속삭였다. "혁명은 인간을 구하지 못한다. 다만 인간의 진실을 드러낼 뿐이다."

그의 발자국이 물결에 지워졌다. 남은 것은 바람에 펄럭이는 깃발뿐이었다. 그 깃발은 마치 마지막 숨을 내쉬는 생명처럼, 몇 번 흔들리다 이내 멎었다.

그리고 파도 소리만이 남았다. 그것은 허균이 세상에 남긴 유일한 언어였다.

해변의 설교(1623년 음력 6월, 경포 해변)

허균은 잠시 눈을 감았다. 짠 바다 내음이 폐부 깊숙이 스며들었고, 5년간의 망명 세월이 하나의 거대한 파도가 되어 그의 내면을 사정없이 후려쳤다. 그는 고향의 바람 속에서, 이제 자신이 이 땅의 아들이 아니라, 이 땅이 거부하는 역사의 망령이 되었음을 느꼈다.

눈을 떴다. 싸늘한 해풍이 그의 주위를 감쌌다. 그 바람 속에는 흘린 피 냄새와 배신의 냄새, 희망과 절망이 뒤섞여 있었다.

그는 붓을 꺾었다. 칼은 육체를 지배했으나, 영혼을 지배하지 못했다. 이제 그가 가진 마지막 무기, 그의 '언어'를 던질 차례였다.

허균의 목소리가 바람을 가르며 울려 퍼졌다.

"강릉의 백성들이여! 나는 알고 있소. 너희들이 나를 두려워하는 것을."

그의 말에 고요했던 광장이 숨을 멈췄다. 그 침묵은 부정이 아닌, 묵시적 인정이었다.

"나는 조국을 버리고 오랑캐의 무기를 들고 돌아온 역적이라 불리고 있소."

그 말은 거짓이 아니었다. 칼보다 차가운 고백이었다. 그는 한 걸음 앞으로 나섰다.

"그러나 묻겠소! 어찌하여 자식이 노비로 태어났다는 이유 하나로, 평생을 짐승처럼 부림 당하는 것이 하늘의 뜻이라 여기나?"

허균의 음성이 바람을 타고 물결쳤다. 군중의 어깨가 미세하게 떨렸다. 그 떨림은 두려움이었으나, 그 밑바닥에는 억눌린 동경이기도 했다.

"하늘은 사람의 재능을 귀천으로 나누지 않았소! 그대들의 손과 머리는 하늘에 닿을 만큼 존귀하나, 왜 스스로를 흙의 먼지라 여기나!"

그의 눈빛은 번개처럼 군중을 스쳤다.

"나는 보았소!" 그의 목소리는 이제 절규에 가까웠다. "율도국에서는 한 노비가, 나와 함께 땀 흘린 그 노비가, 국민회의에서 '투표권'을 행사하였소!"

그 단어가 공기를 가르자, 광장이 흔들렸다. '투표권'이라는 생소하고도 신성한 말의 울림이 군중의 숨을 붙잡았다.

"그 노비의 손자는 지금 율도국의 선장이 되어 가족을 부양하고 있소! 서얼 출신의 장무열, 당신들의 핏줄로는 감히 이름도 못 올릴 그 장무열, 국민의 선택으로 상무대신이 되었소! 그것이 내가 만든 나라요, 그대들이 거부한 나라요!"

그의 목소리는 고요했으나 하늘을 흔드는 힘을 지녔다.

"그대들이 지키려는 낡은 법도(律)는, 썩은 시신 위에 덮인 비단 이불과 같소!"

양반 유림의 얼굴이 창백해졌다. 허균은 더욱 큰 목소리로 외쳤다.

"그대들이 외치는 명분은, 그대들의 재능 없는 무능과 게으름을 포장하는 가장 화려한 거짓말일 뿐이오!"

그 순간, 파도가 거칠게 해안을 강타했다. 하늘은 먹구름으로 뒤덮였고, 공기가 떨렸다. 마치 하늘이 그의 말에 응답하는 듯한 거대한 숨소리였다.

곧이어 바다가 잠잠해지자, 고요가 드리웠다. 고요는 평화가 아니라 다가올 폭풍의 전조였다.

멀리서 양반 유림들의 분노 섞인 고함이 터져 나왔다.

"요망한 궤변이다! 인륜을 파괴하는 사악한 자다!" 230년 쌓여온 질서의 마지막 비명이었다.

그 불씨는 군중 사이에 분노를 퍼뜨렸고, 분노는 광기로 바뀌었다. 유림의 고함보다 더 무서운 것은, 백성들 사이에서 터져 나온 웅성거림이었다.

"상놈이 양반과 같을 수 있단 말인가!"
"저자가 옳다면… 우리가 평생 믿어온 이 세상은 무엇이 되는가!"
"혼돈을 부르는 무리다!"

군중의 눈빛은 흔들렸다. 그들이 본 것은 자유의 빛이 아니라 혼돈의 그림자였고, 들은 것은 정의의 울림이 아닌 멸망의 예언이었다. 그 과감하고도 어두운 현실 앞에서 허균이 체감한 끔찍한 공포와, 이어서 마주한 견고한 성벽, 바로 '항민(恒民)의 관성'이라는 거대한 실체가 그의 앞길을 무겁게 가로막았다.

그때였다. 돌멩이 하나가 날아왔다. 양반이 던진 것이 아니있다. 허균이 구원하려 했던, 흙 묻은 손을 가진 한 젊은 농부가 던진 것이었다. 돌은 정확히 허균의 이마를 가로질렀다. 붉은 피가 모래에 떨어졌다. 곧 파도가 핏자국을 삼켰다. 그 피는 혁명의 피가 아니라, 인간의 피였다.

제3부 역풍(逆風)- 유령의 귀환

그 첫 번째 피를 신호로, 군중은 이성을 잃고 함성을 지르며 달려들었다.

"역적을 죽여라!"
"침략자를 내쫓아라!"

율도국 병사들이 반사적으로 총을 어깨에 메었다. 일제사격, 단 10초면 이 모든 광기를 잠재울 수 있었다. 하지만 허균의 손이 천천히 들어 그들의 총구를 막았다. 그 움직임은 무겁고 느렸으며, 그 안에 숭고한 아름다움조차 담겨 있었다.

허균은 이마에서 흐르는 피를 닦아냈다. 그는 속삭였다.

"쏘지 마라. 그들은 내 적이 아니다."

분노도 두려움도 없던 그의 얼굴은, 깊고 심오한 슬픔만 담고 있었다. 그것은 혁명가가 아닌 한 인간으로서, 자신의 신념이 낳은 비극과 화해하는 마지막 순간의 표정이었다.

그는 쥐었던 붓을 꺾으며 중얼거렸다. "항민(恒民)은 두려움의 대상이 아니었다. 그들은… 세상을 움직이는 가장 강한 힘이었다."

그의 눈은 하늘을 향했다. 여전히 고향의 하늘이었지만, 그 아래 세상은 더 이상 그의 것이 아니었다.

마지막으로 그는 명령했다. "됐다. 모두… 자기 배로 돌아간다."

그 말은 승리의 명령이 아닌, 모든 것을 꿰뚫어 본 자의 깊은 통찰이자, 완벽한 패배의 유언이었다.

바람이 세차게 불었다. 붉은 삼색 깃발이 하늘을 가르며 휘날리다, 피에 젖은 깃발의 끝처럼 잔잔히 내려앉았다.

허균은 마지막으로 속삭였다. "혁명은 인간을 구하지 못한다. 다만 인간의 진실을 드러낼 뿐이다."

그의 발자국은 파도에 씻겨 사라졌고, 그의 목소리, 이름, 신념은 하나의 물결이 되어 바다로 스며들었다.

바다는 침묵했다. 오직 바람만이 깃발을 스치며, 한 시대의 마지막 숨결을 흩날렸다.

그들이 사랑한 사슬 (1623년 음력 6월, 동해상)

퇴각은 무질서하지 않았다. 북소리가 바다의 심장처럼 규칙적으로 뛰었고, 병사들의 발소리는 파도와 박자를 맞추었다. 모래 위에 박힌 발자국마다 물결이 덮였다가 다시 드러나며, 리듬은 살아 있었다. 퇴각이 아니라 하나의 행진처럼.

총구는 끝내 사람을 향하지 않았다. 성난 군중이 다가오면, 병사들은 발밑 모래톱에만 불꽃을 꽂았다. 모래가 튀며 쇳소리를 냈다. 그 소리는 바다 아래서 감기는 닻줄의 팽팽한 울림과 겹쳐졌다. 멀리서 바람이 돛을 스칠 때, 사슬의 낮은 공명이 되돌아왔다. 억눌린 심장처럼, 고요하지만 거역할 수 없는 리듬으로.

"한 명도 죽이지 말아라." 허균은 난간에 등을 기대었다. 짠바람이 갑옷 틈새로 스며들며, 오래 묵은 상처를 일깨웠다. 멀어지는 해안선 위로 관아의 지붕들이 얇게 겹쳐졌다. "그들은 적이 아니라, 스스로 만든 감옥에 갇힌 길 잃은 자들이오." 그의 목소리는 바람보다 낮고, 기도보다 담담했다.

그가 강릉에서 보낸 단 하루의 시간은 율도국에서의 오 년보다 더 길고 잔혹했다. 그 하루는 그의 사상을 무너뜨리고, 그가 쌓은 모든 이상 위에 현실의 돌을 던졌다.

"결국… 나는 그들을 이해하지 못했구나."

그 말이 흩어지자, 파도 한 줄이 배 옆을 스쳤다. 허균은 『호민론(豪民論)』의 첫 구절을 떠올렸다. '천하에 두려워할 것은 오직 백성뿐이라.' 그러나 그는 이제 안다. '백성'은 단일한 이름이 아니라, 수많은 두려움의 집합이었다. 그들은 단순히 억압받은 자가 아니라, 그 억압을 사랑하는 자들이었다.

그 시각, 해변. 한 중년 농부가 어린 아들의 손을 붙잡고 있었다. 파도는 그들의 발자국을 남기자마자 집요하게 지워냈다.

"아부지, 저 사람이 하는 말이 맞나요? 우리도 율도국 가면 양반처럼 살 수 있대요." 소년의 눈빛이 흔들렸다.

아버지는 아이의 머리를 조심스레 쓰다듬었다. 그의 손은 농사일로 굳은살이 두껍게 박여 있었다. "애야, 양반처럼 산다는 게 뭔지 아니?" 잠시 바람만이 스쳤다.

"양반은 굶어 죽어도 양반이고, 상놈은 배불러도 상놈이다. 저 사람이 말한 대로라면… 우리가 양반이 되는 게 아니라, 양반이 우리처럼 되는 거란다. 그게… 무서운 거야." 아버지는 아이의 눈을 정면으로 바라보았다.

"흉년이 들고 전쟁이라도 나면 어떻게 될까? 지금은 굶주리고 매맞아도, 내일 아침 눈을 뜨면 내가 누군지는 안다. 이 질서가 나쁘지만, 최소한 우리가 땅을 딛고 선다는 의미다. 저세상에서는 정말 모든 게 능력이라 하지? 그러면 유능한 자만 살아남고, 우리는… 누가 우리를 지켜주겠느냐?"

소년은 말문이 막혀 작은 소리가 났다가 사라졌다. 그 순간 소년 마음에 얇은 사슬 한 올이 걸렸다. 낯선 자유보다 익숙한 굴종이 더 안전한 감옥임을 깨달은 순간이었다.

함대 갑판 위에서 붕대에 감긴 손을 이 악물고 있던 박희재가 목청을 높였다.

"이해할 필요가 없소! 그들은 노예요! 자신을 억압하는 주인을 사랑하고, 해방자를 오랑캐라 부르는 짐승들이오! 그들의 피는 이미 썩었소! 폭력만이 답이오!"

허균은 고개를 저었다. 그것은 박희재에게도, 어제의 자기 자신에게도 거는 부정이었다.

"아니요, 희재야." 그의 목소리는 낮지만 멀리 퍼져 나갔다. "그들은 짐승이 아니오. 두려움에 갇힌 인간일 뿐이오."

박희재의 얼굴에 굳은 결이 생겼다. 그는 고개를 돌렸고, 붕대 밑 상처가 미세하게 뛰었다. 분노인지 두려움인지 알 수 없는 맥박이었다.

"나는 그들의 고통에 분노했지만, 두려움은 헤아리지 못했소." 허균이 말을 이었다. "그들에게 '평등'은 희망이 아니다. '상놈도 양반처럼 될 수 있다'가 아니라 '양반도 상놈처럼 될 수 있다'는 불안일 뿐이오. 그들에게 혁명은 해방이 아니라 신앙의 파괴였소."

바닷속에서 사슬이 끌리는 소리가 도르래를 지나 한 줄기 울림처럼 퍼졌다.

"세상에서 가장 끔찍한 감옥은 쇠창살이 아니라, 스스로를 가두고도 그것을 모르는 마음의 감옥이오. 해방은 바깥에서 밀어 넣어질 수 없소. 반드시 내면에서부터 절실히 갈망되어야 하오."

그는 눈을 감았다 뜨며 깊이 고개를 끄덕였다. "나는 조선의 문제는 알았으나, 조선 사람의 마음은 몰랐소."

그 말은 자기 고백이자 시대에 대한 준엄한 심문이었다. 바람이 돛을 스치며 사슬 울림이 다시 한번 길고 얇게 퍼져나갔다.

"우리는 그들이 사랑한 사슬을 억지로 끊어줄 의무가 없소. 다만, 그 사슬을 원치 않는 이들을 위해 우리의 세상을 굳건히 지킬 의무만 있을 뿐이오."

그의 결심은 단호하고 조용했다. "더 이상의 내륙 진군은 없다. 이 싸움은 여기서 끝이오."

그것은 전략적 후퇴가 아니라, 자신의 오만을 인정한 철학적 결단이었다.

해가 기울어 파도의 이마에 금빛을 새겼다. 허균은 눈을 내리깔고, 존재하지 않는 왕에게 속삭였다.

"전하… 소인은 이제 깨달았나이다. 제 꿈은 조선의 심장이 아니라, 조선의 가장 먼 곳에 있어야 했음을."

입술이 마르며 그가 아주 천천히, 거의 들리지 않게 덧붙였다. "이제… 돌아가겠나이다."

돛 줄의 매듭 한 칸이 풀리며 '사각' 하고 울었다. 사슬의 소리가 바다에 스며들었다. 해변에서 아버지와 소년의 발자국은 이미 지워졌고, 배의 선수(船首: 배의 앞머리) 아래로 새 물길이 그어졌다.

함대는 북동풍을 받아 지나간 세계와 다가올 세계의 경계선을 따라 미끄러졌다. 멀리, 강릉의 지붕들이 연무 속에 접혀 들었다.

바다는 대답하지 않았다. 그저 규칙적인 파도 소리가 울려 퍼졌다. 그 소리는 마치 세상이 사랑한 사슬의 소리 같았다. 얇고 집요하며, 삶의 리듬 같은.

허균은 난간을 스치던 손을 거두었다. 그 손바닥엔 먹과 피, 소금의 냄새가 묻어 있었다. 그는 고개를 들었다.

하늘은 여전히 고향의 하늘이었으나, 그 아래의 세상은 더 이상 그의 것이 아니었다. 그리고 그 사실이 그의 가슴을 이상하게도 가볍게 했다.

배는 조용히 떠났다.

조국이 쏜 화살(1623년 음력 6월, 동해 해상)

강릉을 등진 율도국의 함대는 전속력으로 동해를 가르고 있었다.

뒤늦게 해안에 당도한 조선의 토벌군이 먼지를 뒤집어쓴 채 분노의 함성을 질러댔으나, 율도국의 배들은 이미 그들의 사정거리 밖으로 유유히 빠져나가는 중이었다.

그것은 굴욕적인 퇴각이었다. 하지만 허균은 울지 않았다.

토벌군의 대장 이괄은 끓어오르는 분노를 주체하지 못하고 해변의 모래를 짓밟았다. "역적 놈들을 놓쳐서는 안 된다!" 그의 목소리는 울분과 패배감으로 떨렸다.

"조선 최고의 명궁(名弓: 활을 잘 쏘는 사람)을 시켜 쏴라! 단 한 놈이라도 좋으니, 조선의 땅을 밟은 대가를 치르게 할 것이다!"

그의 명령에, 토벌군 중 가장 뛰어난 궁수가 활시위를 당겼다. 그것은 조선 역사 속에서 가장 정확한 한 발의 화살이 될 것이었다. 검은 화살의 비가 하늘을 뒤덮으며 멀어져 가는 함대를 향해 날아왔다.

허균은 기함의 가장 높은 곳에 서서, 이 모든 광경을 미동도 없이 지켜보고 있었다. 그는 이미 이념의 패배를 겪은 후, 자신의 죽음을 이 비극의 결론으로 받아들이기로 결심했다. 그것은 선택이었다. 더 이상의 저항이 아니라, 운명으로의 항복.

그때, 수많은 화살 중 단 한 발. 토벌군의 명궁이 쏜 그 화살은 유난히 강한 해풍을 타고 솟구쳐 올랐다. 화살은 포물선을 그리며 기함의 갑판을 향해 날아들었다. 그것은 역사의 한 점이었다. 운명의 한 줄기였다.

"대표님! 피하십시오!"

곁에 있던 무관 박희재가 절박한 소리로 외쳤으나, 허균은 움직이지 않았다. 그는 오히려 자신을 향해 날아오는 그 한 점의 죽음을 마중이라도 하듯, 고요히 서 있었다.

'퍽.' 둔탁한 소리와 함께, 화살은 정확하게 그의 왼쪽 어깨에 깊숙이 박혔다. 피가 흘렀다. 조선의 피. 아니, 혁명가의 피. 그것은 조국이 그에게 보낸 마지막 인사였다. 그가 그토록 사랑하고, 그토록 바꾸고 싶었던 그의 나라가, 그의 심장을 향해 쏘아 올린 마지막 거절의 표식이었다.

그는 서양의 총포로 무장한 채 돌아왔지만 결국 그를 쓰러뜨린 것은 가장 조선적인 무기, '활'이었다. 230년의 관성이, 미래에서 온 혁명가를 격추시켰다.

그의 입가에 희미한 미소가 떠올랐다. 피를 머금은, 세상에서 가장 서러운 미소였다.

"이제야… 답을 주는구나."

그의 나직한 독백과 함께, 그의 몸이 천천히 뒤로 기울었다.

| 종장 |

바다는 모든 눈물을 기억한다
(1623년 음력 6월, 동해)

허균은 쓰러졌으나, 그의 의식은 꺼지지 않았다.

그는 자신을 부축하는 병사들의 거친 숨소리와, "나으리!"를 외치며 울부짖는 업동의 목소리를 먼 세상의 소리처럼 들었다.

그의 시선은 오직 멀어져 가는 강릉의 해안선에 고정되어 있었다. 그의 버려진 꿈이었다. 선실에 눕혀진 그의 주위로 사람들이 모여들었다.

난설헌은 떨리는 손으로 그의 상처를 지혈하려 했으나, 피는 멈추지 않고 흘러나와 그의 흰옷을 붉게 물들였다. 화살은 깊숙이 박혀, 이미 손을 쓸 수 없는 상태였다. 그녀의 오라버니는 죽어가고 있었다.

"오라버니…. 정신을 차리십시오, 오라버니!"

난설헌의 목소리에는 모든 것이 담겨 있었다. 25년을 함께한 형제, 4년을 함께 율도국을 건설한 동지. 그가 자신의 품에서 죽어가고 있었다.

허균은 희미하게 눈을 떴다. 그는 눈물 흘리는 누이의 얼굴과, 충혈된 눈으로 자신을 내려다보는 동지들의 얼굴을 천천히 둘러보았다.

"울지… 마라. 나는… 패배하지 않았다. 다만… 나의 계절이 아니었을 뿐이다."

그는 가쁜 숨을 몰아쉬었다. 그의 손가락이 무언가를 찾는 듯 허공을 더듬었다.

난설헌이 그의 손을 꼭 잡았다.

"율도국을… 부탁한다."

그의 목소리는 거의 들릴 수 없을 정도였다.

"그곳은… 우리의 대의가 아니라, 저 아이들의 내일이어야 한다. 증오가 아닌… 사랑으로 지켜다오."

그것이 그의 마지막 유언이었다. 시대를 불태우려 했던 혁명가가 죽음 앞에서 남긴 것은 복수가 아니라, 사랑이었다.

그의 시선이 업동에게 향했다.

"이놈아… 이제 울지 말고… 웃어라."

업동의 얼굴이 비뚤어졌다.

"너는… 새로운 세상의 주인이니."

업동은 더 이상 말을 잇지 못하고, 어린아이처럼 오열했다. 그것은 한 시대가 끝나는 소리였다.

허균의 눈이 다시 아득한 창밖을 향했다. 그의 의식이 흐려지기 시작했다. 그는 사명대사에게 받았던 비술, '회춘술'을 떠올렸다. 온몸의 정기를 응축시켜 십 년의 세월을 되돌리는 마지막 기회.

… 젊어진들 다시 날 수 있을까?

부서진 나침반을 들고, 새로운 십 년을 얻은들 어디로 가야 한단 말인가?

그의 꿈은 이미 저 해안에 부서져 흩어졌다.

그는 진실을 보았다. 자신이 해방시키려던 백성들은 '자유'가 아닌 '익숙한 사슬'을 원했다. 그의 혁명은 지적인 혁명이었고, 지적으로 완벽하게 패배했다.

육신이 사는 것은 무의미한 형벌일 뿐이었다. 그는 조용히, 의식의 손으로 그 비술을 놓아버렸다. 그의 입술이 마지막으로 달싹였다. 그것은 너무나 작은 소리여서, 가장 가까이 있던 난설헌만이 들을 수 있었다.

"나는… 너무 일찍 왔거나… 너무 늦게 떠났구나…"

그 말을 끝으로, 그의 눈에서 마지막 빛이 스러졌다. 시대를 너무 앞서간 혁명가의 심장이, 마침내 뛰기를 멈추었다.

며칠 뒤, 율도국으로 돌아가는 함대의 한가운데서 장례가 치러졌다.

허균의 시신은 그가 꿈꾸었던 나라의 삼색 깃발에 싸여, 깊고 푸른 바닷속으로 천천히 가라앉았다.

황색(땅), 백색(백성), 그리고 청색(이상).

그가 사랑했던 바다. 그가 개척하려 했던 바다. 그것이 그의 마지막 안식처가 되었다.

바다는 말이 없었다.

그저 모든 눈물을 기억한다는 듯, 영원한 파도 소리로 그들의 상처를 조용히 어루만져 줄 뿐이었다.

파도. 파도. 파도.

영원히.

남겨진 자들은 율도국으로 돌아갔다.

난설헌은 지휘권을 이어받았고, 장무열은 국무총리가 되었고, 업동은 허균의 벼루를 물려받아 새로운 세상을 지켜내기로 결심했다.

허균이 남긴 율도국은 계속되었다. 더 이상 혁명의 급진성 없이, 그러나 그가 꿈꾼 평등의 이상은 다음 세대로 이어졌다.

조선 역사서에는 그렇게 기록되었다.

'**허균: 소설가, 시인, 역적.** 인조반정 무렵, 바다에서 해적 떼와 내응(內應: 안에서 몰래 동조하거나 협조함)하여 강릉을 침범하려다 관군이 쏜 화살에 맞아 사망함. 시신은 찾지 못함.'

그것이 공식 역사였다. 하지만 바다는 기억했다. 그리고 그 바다 위의 작은 섬은 기억했다. 허균이라는 이름을. 그리고 그가 꿈꿨던, 신분 없는 나라를.

| 에필로그 |

바람이 전하는 노래(1653년, 율도국)

삼십 년이 흘렀다. 허균이 피로 물들인 바다를 건넜던 함대는 다시 돌아왔다.

그들의 깃발은 찢겨 있었고, 얼굴마다 상흔이 남아있었으나 그들의 대오는 무너지지 않았다. 그들은 패잔병이 아니라, '증오가 아닌 사랑으로 지키라'는 한 문장을 품은 순례자들이었다.

율도국은 기적이 아니라 의지(意志)로 부활했다. 그들은 성벽이 아닌 하나의 거대한 판옥선이었다. 쇠못이 아닌 참나무 못으로 엮인 그 배는, 바다의 물을 머금을수록 더 단단해졌다. 시련이 깊을수록, 그들은 더 강해졌다. 율도국은 허균의 피로 세워진 나라였다. 그 피는 이제 법이 되었고, 그 법은 사람의 마음에 닻을 내렸다.

난설헌은 왕좌를 거절했다. 공의회가 왕관을 바쳤을 때, 그녀는 고개를 저었다.

"율도국은 왕을 갖지 않습니다. 그것이 우리가 바다로 떠나온 이유입니다. 왕은 이미 파도 아래에 있습니다. 우리는 그가 남긴 법(律)의 길(途)을 따를 뿐입니다."

그녀는 백발의 노년이 되었지만, 모든 이의 마음속에서 '국모(國母)'로 남았다.

그녀는 오라비의 불을 물로 다스렸다. 허균이 '호민론'으로 세상을 불태웠다면, 난설헌은 '유재론'으로 세상을 길렀다. 그녀의 시대는 분노로 세운 혁명을 사랑으로 완성했다.

그녀의 책상 위, 허균의 벼루는 여전히 먹을 머금고 있었다. 그것은 유물이 아니라, 매일 새로운 법과 시가 쓰이는 현재의 심장이었다.

그 벼루 속의 먹은, 허균의 불과 난설헌의 눈물이 섞인 검은 바다였다. 그 먹으로 쓰인 율도국의 법은, 피의 혁명이 아닌 글의 혁명이 되었다.

율도국은 성벽이 아니었다. 율도국은 늘 흔들리는 배였다. 그러나 그 흔들림 속에서만 자유는 숨을 쉬었다.

그들의 항구에는 차별이 없었다. 포르투갈 상인, 네덜란드 동인도 회사, 명나라 상인, 심지어 옛적 사쓰마의 상인들까지, 모두가 율도국의 헌장 아래서 같은 값으로 거래했다. 그들의 항구는 바람처럼 열려 있었다. 바다는 이제, 울음이 아니라 노래의 바다가 되었다.

반면 북쪽의 땅에는 역풍이 불었다. 조선은 여전히 '숭명배금'의 사슬에 스스로를 묶었다. 광해군의 외교를 배반하고, 허균의 현실을 부정한 대가였다.

정묘호란(丁卯胡亂). 병자호란(丙子胡亂). 왕은 삼전도(三田渡: 병자호란 이후 인조가 청 태종에게 굴욕적인 항복 의식을 행했던 장소)의 진흙 위에서 세 번 절하고 아홉 번 머리를 조아렸다. 명분은 남았으나, 나라의 자존은 무너졌다. 그들이 사랑했던 사슬은, 결국 그들의 목을 조르는 올가미가 되었다.

그때 율도국의 바다는 조용히 흩어져 내뿜었다. "우리는 그 길을 거부했다."

따스한 봄날, 난설헌은 언덕에 앉아 율도국의 들판을 내려다보았다. 바람은 밀 이삭을 스치며 바다 냄새를 실어 왔다. 삼십 년의 세월이 얼굴에 깊은 골을 새겼으나, 그녀의 눈은 여전히 맑았다.

열 살 남짓한 소녀가 다가왔다. 율도국에서 태어나, 율도국에서만 자란 아이. 그 눈에는 '항민(恒民)'의 두려움이 아니라, '호민(豪民)'의 자유가 깃들어 있었다.

"할머니."
"오냐."
"업동 할아버지께 들었어요. 이 나라를 세운 분이 할머니의 오라버니시라면서요?"

그 질문은 단순한 호기심이 아니라, 세대가 역사를 다시 묻는 순간이었다.

난설헌은 잠시 눈을 감았다. 그리고 바다를 향해 시선을 돌리며 말했다.

"그분은… 바람이었단다."
"바람이요?"
"그래."

그녀의 목소리는 파도처럼 잔잔하고, 때로는 눈물처럼 떨렸다.

"모두가 두꺼운 옷을 껴입고 재조지은이라는 주문을 외우며 스스로를 묶던 시절, 그분은 너무 일찍 불어와 그 창문을 부수려 했지. 서툴고, 거칠고, 모든 것을 찢어발길 듯 사나웠지만…결국 그분은 이 땅에 새로운 씨앗 한 톨과 눈물의 강 하나를 남기고 갔단다."

그녀의 말과 함께, 남쪽 바다에서 바람이 불었다. 그 바람은 들판을 어루만지고, 아이들의 웃음소리를 실어, 저 멀리 북쪽으로 흘러갔다.

그것은 한 남자의 눈물, 한 여인의 지혜, 그리고 한 시대의 꿈이 어우러진 영원의 율도(律途)의 노래였다.

문학은 역사가 버린 자들을 기억한다. 문학은 패자의 편에 선다. 문학은 실패한 혁명을 기록한다.

그러나 그 기록이 영원하다면, 그 혁명은 결국 승리한 혁명이 된다.

율도국(律途國). '새로운 질서(律)의 길(途)을 걷는 나라.'

그리고 그 길은 영원히 미완성이어야 한다. 왜냐하면 완성된 혁명은, 이미 죽은 혁명이기 때문이다.
미완의 길 위에서만, 자유는 살아 숨 쉰다.

| 후서(後書) |

유령의 왕- 동방(東方)의 밤(夜)

강화도의 마지막 기도 (1623년 봄, 강화도)

인조반정이 일어난 그해 봄.

광해군이 유배된 곳은 바로 강화도 바닷가 폐사(廢寺)였다. 왕의 호칭마저 빼앗긴 채, 그는 창살 없는 감옥에서 자신의 마지막을 기다리고 있었다. 강화도. 조선의 왕들이 외침을 피해 숨어들던 피난처. 이제 그곳은 폐위된 왕의 무덤이 될 준비를 하고 있었다.

인조가 용상에 앉은 지 며칠 뒤의 밤.

광해군은 차가운 마루에 앉아 있었다. 그의 앞에는 두루마리 두 개가 놓여 있었다. 하나는 자신을 폐위시킨 36가지의 죄목이 적힌 격문 사본이었고, 다른 하나는 지난 5년간 품속에 숨겨왔던, 허균이 보낸 마지막 밀서였다.

그는 손으로 밀서의 글씨를 더듬었다.

'주상이시여, 나는 왕국의 기초를 다졌나이다.'

광해군은 중얼거렸다.

'내가 한 것이 정말 옳은가?'

그것은 왕이 자신에게 물어보는 질문이었다.

'한 인간을 죽이기까지 해서, 내가 얻은 것이 무엇인가?'

'폐모살제(廢母殺弟)'… '재조지은(再造之恩)의 배신'… 36개의 죄목은 모두 '명분(名分)'을 어긴 죄였다. 그리고 허균의 밀서는 '실리(實利)'를 얻었다는 증거였다.

'명나라를 거스르는 것이 현명함이었나? 아니면, 백성을 위해 하늘을 거스른 것일까?'

광해군은 자신이 쓴 비폐명령(秘廢命令: 광해군이 비밀리에 폐위된 왕으로서의 마지막 명령을 내리거나 기록한 문서)을 다시 꺼냈다.

'허균의 죽음이 진정한 죽음인가, 아니면 시작인가?'

그가 스스로에게 물었다.

'만약 그가 정말 살아서, 저 남쪽 바다에서 새로운 나라를 세운다면?'

'그것이 내 패배를 증명하는 건가, 아니면 내 승리를 증명하는 건가?'

그 질문 속에는 두 명의 혁명가를 연결하는 끈이 드러나고 있었다.

그때, 촛불의 그림자가 흔들리더니, 그의 곁에 한 존재가 서 있었다.

낡은 승복을 걸친 채, 그림자처럼 묵언수행을 하는 노승.

그는 다름 아닌 사명대사의 마지막 제자이자, 허균에게 변장술과 회춘술을 전수했던 바로 그 비승(秘僧: 사명대사의 마지막 제자)이었다.

그의 등장은 운명의 신호였다.

"전하. 교산(蛟山)의 뜻은 사라지지 않았습니다."

비승의 목소리는 신성했다.

"허나 그가 바다에서 홀로 싸우는 동안, 전하는 이 땅의 명분 때문에 죽임을 당해서는 아니 됩니다."

광해군은 웃었다. 그 웃음은 비통했다.

"내가 살아야 할 명분은 이미 내 신료들이 부숴버렸거늘. 이제 와서 살아서 무엇을 하겠는가. 나는… 육지의 왕이었고, 육지의 법도에 패배했다."

"죽지 마십시오."

비승이 한발 다가섰다.

"죽지 않아야 그분의 대업을 이을 수 있습니다. 교산은 '낡은 세상의 허균'을 죽여 '바다'의 유령으로 만들었습니다. 전하 또한 '폐위된 왕 광해'를 죽여 새로운 존재로 거듭나야 합니다."

비승의 손에는 빛나는 환약이 들려 있었다.

"허균이 스스로는 쓰지 않았으나, 전하를 위해 남겨둔 유일한 방편, 회춘술을 쓰십시오."

회춘술.

그것은 자신의 모든 기(氣)를 소멸시켜 육체를 10년의 시간으로 되돌리는 비술이었다. 생명을 거스르는 고통. 허균이 미래의 대업을 위해 남겨두라던 마지막 기회.

광해군은 그것을 이해했다. 허균은 이념의 패배를 깨닫고 스스로 이 기회를 버렸지만, 자신은… 자신은 아직 확인하지 못했다.

"육체는 젊어지나, 기억의 무게는 어찌할 것인가."

광해군의 목소리가 떨렸다.

"나는 이제 두 개의 나이를 사는 자다. 젊은 몸과 천 년 된 영혼으로."

하지만 다음 순간, 맹렬한 결의가 그의 눈빛을 사로잡았다.

"허균이 살아있다면, 나를 기다릴 것이다."

광해군이 일어섰다.

"나는 이 치욕과 회한의 무게를 짊어지고, 그자의 곁으로 가야 한다."

그의 목소리에는 새로운 왕권이 태어나고 있었다.

"내가 죽으면, 다시 살아날 것이다. 그자의 곁에서."

회춘술의 고통과 유령의 탄생

그날 밤, 인조가 보낸 암살자가 폐사에 당도했다.

칼날이 목에 닿기 직전. 광해군은 비승이 건넨 약물을 삼켰다.

그것은 독약이 아니라, 생명의 근원을 응축시키는 내단의 환약이었다. 몸이 뒤틀리고, 뼈가 부러지는 듯한, 시간이 역행하는 고통 속에서 50년의 기억, 옥좌의 무게, 36가지의 죄목과 재조지은의 굴레가 30대 초반의 젊은 육체 속으로 압축되어 갇혀 들어갔다.

암살자는 옥좌를 지키지 못한 왕의 비참한 죽음을 확인했다. 늙고 병든 몰락한 왕의 시신. 하지만 그들이 확인하지 못한 것이 있었다. 폐사의 뒷문을 통해 빠져나간 한 명의 젊은 사내.

얼굴은 30대 초반의 장수로 변해 있었으나, 눈빛만은 50년의 고독과 번민, 그리고 두 개의 시대를 담고 있었다.

광해군은 유령의 왕이 되어 강화도를 빠져나갔다. 그의 그림자는 밤의 암살자들보다 더 은밀했고, 그의 목적은 오직 하나.

허균이 개척한 동쪽의 바다.

나가사키 항구의 눈 (1623년 여름)

광해군은 노승의 도움을 받아 명나라의 난세를 피해 일본의 나가사키 항구에 당도했다. 그는 신분을 위장했다. '낙랑의 유랑 노인'이라는 이름으로, 조선의 옛 왕이 아닌, 시대를 잃은 선비로 자처했다.

나가사키 항구.

그곳에서 그는 충격적인 광경을 목격했다.

항구에는 유럽의 기술이 일본을 통해 밀려 들어오고 있었다. 포르투갈의 거대한 카락(Carrack) 선박과 네덜란드 동인도회사(VOC)의 검은 깃발이 나란히 정박해 있었다.

서양 상인들은 일본의 은(銀)을 받고 중국의 비단과 도자기뿐만 아니라, 율도국이 눈독을 들였던 시암(Siam: 지금의 태국)의 '사슴 가

죽'까지 거침없이 거래하고 있었다. 한쪽에서는 '아르케부스' 조총이 불을 뿜었고, 상관(商館)의 벽에는 '코레아 인슐라(Corea Insula)', 즉 조선을 '섬'으로 그린 기괴한 서양 지도가 걸려 있었다.

그는 조선의 궁궐에 갇혀 재조지은이라는 명분 싸움에 목숨을 걸던 자신의 과거를 돌아보았다. 그리고 비로소 이해했다. 허균이 왜 그토록 바다로 나가려 했는지를.

"허균이여, 그대는 옳았도다."

그의 목소리는 항구의 바람에 실려 갔다.

"나는 '땅'에서 실리(實利)를 찾았으나, 진정한 실리는 '바다'에 있었구나. 이 바다가 미래로다."

그는 포르투갈 상인들, 그중에서도 페레이라를 수소문했다. 허균이 그들과 거래했다는 소문이 파다했다. 그는 노인으로 위장하여 페레이라의 무역 관저 문을 두드렸다.

페레이라의 도박과 비극의 소식

페레이라는 낡은 동양 노인을 만났다. 그의 겉모습은 평범했으나, 눈빛은 범상치 않았다.

"당신은… 누구인가?" 페레이라가 물었다. "이 나가사키의 상인들에게서는 볼 수 없는 눈을 가졌군."

광해군은 미소 지었다.

"나는 죽은 왕이다. 살아있는 환상이지. 나는 당신이 동맹을 맺은 그 '불(火)'의 주군(主君), '얼음(氷)'이오."

페레이라는 경계했다. 하지만 그의 눈 속에는 이해와 동시에 공포가 떠올랐다. 이 자는 허균이 말했던 '북쪽의 그림자'였다.

바로 그때.

나가사키의 동양 상선을 통해 비극적인 소식이 들어왔다. 허균의 함대가 조선 연안에서 참혹한 패배를 겪었고, 지도자 허균이 조국이 쏜 화살에 맞아 바다에 수장되었다는 소식.

광해군은 자리에서 휘청거렸다. 회춘술이 준 젊은 육체가 고독과 절망 앞에서 무너졌다.

"너무… 늦었구나." 그의 목소리는 거의 들릴 수 없을 정도였다.

허균은 왕이 폐위되었다는 소식을 듣고 그를 구하기 위해 '분노의 함대'를 띄웠다. 그리고 지금, 왕은 그 혁명가를 만나기 위해 '회춘의 고통'을 견뎠다.

가장 완벽한, 가장 잔인한 엇갈림이었다.

"그가 나를… 기다렸는가?"

그는 허균이 자신의 몰락을 겪고, 그 분노를 복수로 풀어내려다 결국 조국에게 거부당했다는 비극을 깨달았다.

광해군은 마지막으로 남은 자신의 모든 기운을 끌어모았다. 허균은 죽었다. 그렇다면 자신은 왜 살아남았는가?

"나는 돌아가지 않는다."

그의 목소리는 새로운 왕권으로 울렸다.

"나는 그가 본 미래를 이어받는다. 그가 남긴 '율도(律途)'를 완성시킬 것이다."

그는 페레이라에게 율도국으로 가는 길을 안내해 달라고 청했다. 페레이라는 이 '살아있는 환상'이 율도국의 진정한 방패가 될 수 있음을 직감했다.

율도국으로 향하는 왕의 맹세

광해군은 포르투갈 함대와 함께 동쪽 바다로 나섰다. 회춘술로 변한 젊은 육체. 하지만 50년의 왕의 기억을 담은 영혼. 그는 새로운 형태의 왕이었다.

율도국으로 향하는 밤.

광해군은 배의 가장 높은 곳에 올라, 허균이 잠든 바다를 향해 맹세했다.

"허균이여, 그대는 패배했으나 나는 계속 간다."

그의 목소리는 비통함과 결연함이 동시에 담겨 있었다.

"그대가 남긴 나침반으로. 그대가 피로 세운 그 나라로."

그는 하늘을 향해 외쳤다.

"천한 골에서 난 혁명가가 세운 나라에, 유령이 된 왕이 돌아간다!"

| 작가의 말 |

바다 위를 건너,
시대를 찢고 나온 모든 흙수저들에게

 이 소설 『율도(律途)』는 그저 허균이라는 한 혁명가의 실패와 도피를 기록한 역사극이 아닙니다. 이것은 구조(構造)의 폭력 앞에서 자신의 재능과 존엄을 짓밟혔던, 모든 시대의 '꺾인 날개들'에게 바치는 통쾌한 복수극이자, 가장 비극적인 희망의 연가입니다.

 우리가 사는 이 시대 또한, 혈통이라는 낡은 사슬은 사라졌을지언정, '태어난 배경'이라는 보이지 않는 굴레가 여전히 능력과 노력을 무효화시키는 신분 없는 시대의 차별 속에 놓여 있습니다. 우리는 분노합니다. 왜 나의 땀이, 저들의 기득권을 지키는 명분(名分)의 비단 이불을 덮는 데 쓰여야 하는가.

 교산 허균은 이 질문에 가장 급진적이고 지적인 해답을 던진 인물입니다. 그는 단순한 의적의 길을 거부하고, '낡은 법도에서 정의를 호소하는 것은 시간 낭비'라는 냉철한 통찰에 도달했습니다. 혁명은 감정적 폭발이 아니라, 낡은 체제가 가진 오류보다 천 배 더 효율적이고 공정한 새로운 법도(律途)를 증명하는 창조여야 한다고 선언했습니다.

그리하여 그는 왕의 숨겨둔 재정을 혁명의 종잣돈으로 삼고, 천류 출신의 회계사를 국정 주관에 앉혔으며, '핏줄' 대신 '능력'에 따라 수익을 나누는 공동 상단 율도국을 바다 위에 띄웠습니다.

그러나 혁명의 순수함을 지켜낸 것은 허균의 칼이 아닌, 그의 누이 난설헌의 붓이었습니다. 그가 폭력의 윤리 앞에서 고뇌할 때, 난설헌은 조선의 차별이 한 여인의 삶을 어떻게 짓밟았는지 고요히 노래했습니다. 이 시는 율도국이 마땅히 잊지 말아야 할, 혁명의 가장 비싼 값을 담고 있습니다.

貧女吟(빈녀음)

허난설헌

豈是乏容色 얼굴 맵시야 어찌 남에게 떨어지리오
工鍼復工織 바느질 길쌈 솜씨도 좋건만
少小長寒門 가난한 집안에서 자라난 탓에
良媒不相識 중매쟁이는 나를 몰라주누나
爲人作嫁衣 남 위해 시집갈 옷 지어주지만
年年還獨宿 해마다 이 내 몸은 외려 홀로 잔다네

이 시처럼, 허균은 자신이 목숨을 걸고 해방하려 했던 백성들이, 낯선 자유의 혼돈보다 익숙한 굴레의 안정을 사랑한다는 비극적인 깨달음을 얻습니다. 그러나 그가 소국이 쏜 화살에 맞아 쓰러진 순간, 그 실패는 곧 율도국이라는 영원한 대안(代案)을 남기는 위대한 성공으로 변모합니다.

이 소설은 독자 여러분께 질문합니다. 당신이 가진 분노는 낡은 세상을 파괴하는 데 그칠 것입니까, 아니면 당신의 손으로 새로운 시대를 설계하는 힘이 될 것입니까?

바다는 모든 눈물을 기억합니다. 이 고통스러운 시대의 흙수저들이여, 강변칠우의 후예들이여, 부디 이 글을 통해 시원하고 통쾌한 카타르시스를 얻고, 당신의 땀방울이 마침내 정당하게 빛나는 새로운 길을 찾으시기를 기원합니다.

『율도(律途)』의 꿈은 지금, 당신의 손에서 시작됩니다. 그리고 언젠가, 누군가의 손에서 다시 깨어날 것입니다.